陈义海 著

吹拂英伦的海风

中国书籍出版社
China Book Press

图书在版编目（CIP）数据

吹拂英伦的海风 / 陈义海著 . —北京：中国书籍出版社，2013.12（域外游踪）
ISBN 978-7-5068-4024-8

Ⅰ. ①吹… Ⅱ. ①陈… Ⅲ. ①游记—作品集—中国—当代
②英国—概况 Ⅳ. ① I267.4

中国版本图书馆 CIP 数据核字（2013）第 312851 号

吹拂英伦的海风

陈义海　著

策划编辑	陆炳国　武　斌
责任编辑	邓潇潇
责任印制	孙马飞　马　芝
出版发行	中国书籍出版社
地　　址	北京市丰台区三路居路 97 号（邮编：100073）
电　　话	（010）52257143（总编室）（010）52257153（发行部）
电子邮箱	chinabp@vip.sina.com
经　　销	全国新华书店
印　　刷	天津兴湘印务有限公司
开　　本	710 毫米 × 1000 毫米 1/16
字　　数	200 千字
印　　张	15
版　　次	2014 年 4 月第 1 版　2019 年 1 月第 2 次印刷
书　　号	ISBN 978-7-5068-4024-8
定　　价	52.00 元

版权所有　翻印必究

纷纷雨丝和语丝纷纷（代序）

要了解一种文化，必定要通过书本；要认识英国文化，当然须专注于字里行间。但是，英国的文化既是存在于书本里的，也是生长在泥土里的；既是流淌在河流中的，也是飘扬在空气里的。我的意思是，要认识英国的文化，固然可以通过书本，但似乎更需要我们亲临现场。所以说，英国文化是一种可以通过我们的感官去感受的文化：恰似风，恰似水，恰似雨，恰似雾，恰似玫瑰。如果中国文化和英国文化是两条泾渭分明的河，我愿意同时游动在两条河里，感受它们两岸迥然不同的风光，做一条"跨文化的鱼"（Intercultural fish）。

金耀基曾写过一本书叫《剑桥与海德堡》，它记述了作者的欧游经历，特别是他访问欧洲大学的经历。董桥在给他写的序言中，称他是"文化香客"。我觉得这个说法真是再贴切不过了。要认识英国文化，如果不以一个"香客"的身份走过那些草地、那些古堡，终究是不得要领。当然这个"香客"必须怀揣着中国的"文化"：当两种文化都放在同一张桌子上时，它们各自的纹理、色彩才会更加分明。

多少次，我走过那些无边的草地和牧场，听北方的风在我的耳边絮语，总觉得那风讲的是另一种语言；多少次，徜徉在牛津的深巷里，从那纷纷雨丝中我试图听出千年长廊那头的神秘；多少次，流连在康河边，看各种肤色的男男女女们划着船儿经过，但我只想起 90 多年前的那个中国的浪漫派诗人；多少次，在伦敦的雾中我不断迷失，又不断寻找自我；多少次，着迷于苏格兰民居前的那朵朵玫瑰，我想起一个农民诗人，又想起一个英雄和美人；多少次，当我的朋友迈克向我索要红烧鱼的"秘方"时，我才觉得，鱼虽然好吃，文化却难以捉摸。

往事一幕又一幕，有的黯淡了，有的始终清晰，但挡不住的语丝，总在夜深人静时纷纷又纷纷。董桥曾经写过一篇文章，题目叫《文字是肉做的》。他的意思是，学者的文字不应该总是冷冰冰的，也应该有温情脉脉萦绕于笔尖。作为学者，在这本书里我努力摆脱太多的理性与思辨，希望我的文字也能透出点"肉"味。为了增"色"，我又给它们配上了我随拍的一些照片。希望这些照片能让这"肉"鲜亮一点，鲜美一点。

2013 年 8 月

正经历着一生中最热的夏天

第一辑　英伦的风

英国花园	**002**
英国精神	**007**
英国的城堡	**010**
英国的自然	**015**
英国的炉边文化	**021**
在英国坐火车	**029**
在英国朗诵诗歌	**033**
在英国获诗歌奖	**038**
在英国听讲座	**042**
古老的英格兰	**048**

第二辑　剑桥的水

剑桥的桥　　　　　　　　　　　　　　　　　　056
叹息桥边说叹息　　　　　　　　　　　　　　　061
数学桥里的数学　　　　　　　　　　　　　　　068
这里曾是徐志摩寻梦的地方——剑桥语丝　　　073
轻轻的，他又来了……——徐志摩诗碑在剑桥安放　078
小城书香——英国小镇 Hay-on-Wye　　　　　　084

第三辑　牛津的雨

喝咖啡去　　　　　　　　　　　　　　　　　　090
学术的古堡——牛津印象　　　　　　　　　　　094
在牛津大学听讲座——一次学术的风雪之旅　　099
有滋有味的学术　　　　　　　　　　　　　　　104
华兹华斯的湖区　　　　　　　　　　　　　　　109

她骑着马赤身裸体地穿过了市区　　　　　　　　　　117

第四辑　伦敦的雾

流连在大英博物馆的沉思　　　　　　　　　　　　124
海德公园不仅仅是一座公园　　　　　　　　　　　127
英语密林中的汉语写作　　　　　　　　　　　　　132
到处都是莎士比亚　　　　　　　　　　　　　　　136
当我站在东西半球之间……——在格林威治天文台　141
穷人自有穷人的福——与伦敦大爆炸擦肩而过　　　147

第五辑　苏格兰的玫瑰

爱丁堡的故事　　　　　　　　　　　　　　　　　152
司各特纪念碑的秘密　　　　　　　　　　　　　　159
神秘的尼斯湖　　　　　　　　　　　　　　　　　164

勇敢的心	**169**
苏格兰与荆棘花	**175**
穿裙子的男人们	**179**
我的爱人像一朵红红的玫瑰	**182**

第六辑　跨文化的红烧鱼

我的英国房东	**188**
维多利亚广场上的一个瞬间	**194**
狗之东西	**198**
酒之东西	**204**
茶之东西	**209**
水仙之东西	**215**
远"足"	**220**
不仅仅是贺卡	**226**
跨文化的红烧鱼	**229**

第一辑 英伦的风

英国花园

英国人恐怕是世界上最热爱自然的民族。如果英国有什么特产，我想最主要的恐怕还不是奶酪和黄油什么的，我觉得它的最主要的特产当是自然。到了英国后，我才明白，为什么那么多的英国诗人喜欢以自然为题材；也正是到了英国之后，我才真正读懂了华兹华斯的许多诗篇。

而花园又是英国自然的一个部分。不过，我们很难说清楚，究竟是英国的自然包含着花园，还是花园丰富了英国的自然；更恰当地说，英国的自然和花园是相得益彰。如果说空旷的绿野是一种宏大的自然，大片的绿地是一种开朗的自然；那么，在绿野之间，在绿地之间，星星点点的花园，则是情趣的自然、诗意地栖居的自然。野外的自然是"大"自然，居室旁的自然是"小"自然；"大"自然和"小"自然，互为融合，互为补充，互为映衬，就像是将豪放与婉约完美地结合在一起。

所以，领略英国的自然，要连同英国的花园一起欣赏。英国人对花园的重视简直到了疯狂的程度；这种"疯狂"，我曾在另一篇文章中写过：在他们看来，没有花园的房子简直不叫房子——如果房子是身体，花园就是它的面庞；如果房子是面庞，花园就是它的眼睛；如果房子是一双明眸，花园则是神采；如果房子本身是肉体，花园则是它的灵魂；如果房子是美女，花园便是她的服饰。总之，在英国人看来，房子没有花园就等于"有眼无珠"！总之，无数的小花园，把古老的英格兰装点成一个大花园。是的，朋友来信问我英国是什么样子，我常告诉他们的是：像一座花园。

我住的地方离大学约有三英里，或是出于节省的目的，或是乐于徒步自然的用意，我选择了步行去学校。每天除了要走过大片的草地，还要路过各种各样的私人花园。假日里去乡间远足，那些风格各异的花园更是让我流连忘返。

可以说，在英国凡是有房子的地方就有花园。当然，房子的形态常常决定花园的风格。英国人的房子一般分为独立式的（大概像我们所说的别墅），这种房子的花园最为讲究；另一类房子则是连体式的（好像是我们常见的连体别墅，英国人它叫（terrace），即许多家房子连在一起，房子的外形和内部结构都是一样的，这样的房子的花园就比较单一。

英国人的房子一般都有前花园和后花园。独立别墅的前花园往往很大，很气派，连体别墅的前花园则显得简陋一点，空间也受到房前道路的限制。前花园是主人和路人共享的美景，后花园则是主人的美的珍藏；前花园彰显主人的财富、审美趣味、别致的情调，后花园更显幽静、私密，主人闲暇之时于其中流连，让自己的精神得到充分的愉悦和放松；前花园要洒满阳光，后花园常常布满青苔；前花园像位美丽端庄的少妇，后花园更似待字闺中的千金。

一条林阴道，常常将数十上百家住户连在一起，也将各色花园连在一起，像一根绿色的线上串联着许多彩色的花瓣。沿途的住户像是要比赛似的，总要将自家的花园装点打扮得别出心裁：花不惊人死不休！沿途的花园，有的简洁如淡抹的处子，有的繁复如浓妆的嫁娘；有的以茵茵的草坪为主体，用各色鲜花绣边；有的则花丛锦簇，用鲜花呵护绿草；有的用奇石装点，暗仿东方情调；有的铺以曲径，以示通幽；有的长以四季常青的花草，月月葱茏，生机不息；有的则辅以落叶植物，凸现荣与衰的参差，似乎要你明白一个哲理：在绝望之处，也有生命的清音。我特别喜欢那种以草坪为主体的花园，别看简单一

阳光洒在威尔士乡村民居的花园里

英格兰湖区的一处民居及其花园

斯特拉福镇莎士比亚故居花园

房子可以"简单",但花园不能将就。

点，但当你仔细欣赏时，就会发现主人的匠心。草坪上常常散布着一些很小很小的白花，在绿草的衬托下，花儿像是点点繁星，让你懂得：美，可以是宏大庄严的，也可以是小巧精致的。不过，最引人入胜的是那些远离大路，深藏于树林之中的花园：当你走过弯弯曲曲的林阴小道，来到一处深藏着的、洒满阳光的大花园时，你会有一种发现桃花源的欣喜。而当我隔着稀疏的树篱，看着人家经营的美丽时，常常在心里说："美"有时是要偷着看的；偷得的美似乎更多了一层朦胧的面纱。想到自己用相机偷到了不知多少"美"，不禁窃喜。忽然想到中国有句古话——窃书不为偷；可不可以认为：窃"美"不为偷呢？康德没有谈到这一点，黑格尔好像也没有。

花，通常是长在地上的，但是爱花的英国人还要让花长在空中。许多房子的屋檐下都用篮子挂着五彩斑斓的鲜花，这些花篮里的内容，常常是随季节的变化而变化的；她们在风中轻轻地摇曳，让你觉得，在这里，花不仅开在土地的胸怀里，也托在风的手掌上。

我常想，这个最早进行了工业革命的民族，却比我们更多地经营着农业的"艺术"：将生活艺术化，使艺术生活化。从前花园经过居室进入后花园，我常常有跨越三种时代的感觉：门前常有汽车开过，那是工业时代的产物；屋内是最先进的设备，那是数字化时代的结晶；屋后的花园是最贴近自然的去处，常常让你有回到农耕时代的幻觉。

这就是英国，华兹华斯的故乡；这就是英国人，济慈的同胞们——将自然把玩于十指之间，总是要把生活无限艺术化，让鲜花开满自己的生活。是的，自然和花园才是英国的最主要的特产。到回国的那一天，我带给朋友们的纪念品，都不能代表真正的英国；最能体现英国特色的东西，你永远带不走。

英国精神

第一次较为深切地感受到英国精神是在看电影《泰坦尼克号》的时候。"泰坦尼克"即将沉没,所有的救生艇都已用完,妇女和孩子优先离开了大船,但上面还有许多人。这时,只见即将沉没的"泰坦尼克"上,一些人手挽手地站在一起,有的还将领带整理得很有风度,然后,他们随着巨轮,缓缓地沉入海底:没有恐惧,没有惊呼,那样镇定,那样绅士。

第二次感受到英国精神是我到了英国之后,是从报纸上。那是2005年6月份的事。一辆列车在诺丁汉附近因为铁路电缆故障而抛锚,火车在铁路上停了约两个小时。没有了电,火车开不了,空调自然也不能用,连车门都打不开(因为是自动门)。车内的温度很高,但大家就那么忍着,没有怨言,只是等待救援。记者在文章的最后写道:今天的意外,也体现了英国精神。

第三次感受到英国精神是"7·7伦敦大爆炸"时,从电视、广播、报纸上,以及我个人的亲身感受。我虽然不在现场,但从英国上下的反应也可以感受到英国精神的存在。遭炸弹袭击,在伊拉克几乎成了家常便饭,但这些年从未遭受恐怖袭击的、大家普遍以为较为安全的伦敦也"赶上"了,多少令人震惊。一时间,炸弹袭击成为全英的新闻焦点。在政治家们发表讲话之余,在女王出面安抚之余,在警察展开调查的同时,公众虽然对事件予以关注,但生活依然

夜色下的伦敦塔桥

伦敦地铁遭遇恐怖袭击后的第二天，人们依然按照计划举行文化节。

像往常一样。

第二天，白金汉宫降半旗，全国降半旗，但一切活动照样进行。我应邀参加考文垂市一年一度的戈黛娃文化节上的诗歌朗诵活动。这是一个欢乐节，在市外的"纪念公园"（Memorial Park）进行。周四伦敦发生了大爆炸，周五的欢乐活动照搞不误。我跟一个朋友谈起伦敦的爆炸，并向她讲起自己的不安情绪，她尽量安慰我，好像为他们国家出了这样的事向我道歉似的。后来，我发现我在文化节上提这件事多少有点不合时宜，因为所有的人都不谈它；大家都在尽情地享受生活，喝着啤酒，脸上并无半点恐惧。大概这就是英国精神。

伦敦爆炸后的第二天，我在BBC的网站上看到一个普通伦敦市民的帖子：

> 恐怖主义的最终目的是要给受害者带来恐惧。作为这个城市的一名工人，我的生活一点也没有改变。昨天晚上我坐了公交车，今天又去乘了地铁。今天上午，乘客们在地铁里读着报纸，或是打盹儿，跟平时没有什么两样。人们昨天晚上照样去酒吧和餐馆，今天还会去。金融市场很快反弹了，商店开门营业。生意照旧。没有恐惧。恐怖主义在英国不起作用。我个人从来不是特别爱国，但我知道，这种事情不会影响英国人的正常生活。

这便是英国精神，没有什么豪言壮语，处变不惊，处惊不乱。遇事镇定的民族，平时在生活中也一定是一个很安静的不爱吵吵闹闹的民族。在长途火车上，大家都是默默地看着自己的书；到站了，乘务员会来轻声提醒；坐满乘客的大巴上，总是那么安静，让你觉得车上一个乘客也没有。那种宁静，让你觉得旅行是舒心的。这恐怕也是一种英国精神。

英国的城堡

英国，从南到北都是碧绿的，就是在冬天也不例外；形象地说，整个英国像一幅巨大的用绿色的颜料画成的风景画。但这张风景画太轻灵，一阵大西洋上刮来的风，似乎就可以把它刮跑。或许是因为这个缘故，古代的盎格鲁-撒克逊人、古代的苏格兰人，便给这张风景画制作了许多的"镇纸"，由北到南，将这幅画"镇"住；或许是因为北方的风更大些，所以那里便多放了一些"镇纸"。

我这里所说的"镇纸"，指的是遍及英伦的城堡。

到英国，自然要看它的自然；但是，自然要是没有人类的合理的加入，它便是冷清的，甚至是寂寞的。所以，看英国的自然，一定要跟它的建筑合在一起看。没有什么比自然更适合做古老建筑的背景，也没有什么比古老的建筑更适合做自然的点缀。恐怕只有旧的、古老的东西，才真正适合与自然并列；相反，越是新的，与自然似乎越是格格不入。

在英国，最与自然谐调的恐怕就是城堡。

是的，城堡的确是英国的一大看点。城堡多数是中世纪或更远古时期的遗物，是冷兵器时代的产物。在没有飞机大炮的古代，它确实起着攻防兼备的作用。北方的苏格兰是英国城堡最为密集的地区，这说明了苏格兰人在古代受到的外来侵略最多：一方面它要抵御北欧海盗的骚扰，另一方面，它又要和从南面来的英格兰人作战。而苏格兰，我以为，是英国自然最纯粹的地方；无边的草地，连绵的高地，清澈的湖水，还有那散落于草地、湖水之间的羊群：一切都美得让你觉得那不是真的，一切都美得有如置身于童话世界。而那些点缀于山河之间的城堡更是给大自然增添了一种难以言说的美丽。它们经历了血与火的沧桑，饱受百年千年的风雨的打击；它们就像周围的自然一样，数百年、上千年没有挪动过一步，几乎是扎根在那里了；它们跟周围的山水草木简直融为了一个整体：自然与城堡，"相看两不厌"。草木固然是自然，但在我看来，那些与自然同在、几乎被自然"同化"了的城堡，也是自然。

许多城堡是建在人烟稀少但又是军事要塞的地方（当然也有建在大城市或城镇的，如爱丁堡城堡，沃里克城堡等）。有保存得很好很完整的城堡，但很多城堡都古老得几乎要坍塌下来。我最爱看的便是那些斑驳得"不成样子"的城堡；在我看来，城堡越是古老，越有魅力，也越是神秘。最令人浮想联翩的是那些古老得几乎只剩下废墟的城堡。

苏格兰境内的尼斯湖（Loch Ness）是英国的第一大湖，据说，英国所有的水加起来也不及尼斯湖的水多。尼斯湖闻名固然是因为它的水，也是因为传说湖中有水怪；再一个原因就是湖边的奥夸特城堡（Urquhart Castle）。这个城堡离苏格兰北方城市英弗尼斯（Inverness）约数英里。虽然它已古老得不成样子了，但当你在尼斯湖上坐着船饱览两岸的自然时，它却是用它那沧桑的身姿给周围的一切注入了灵性，让你觉得，这船不是航行在另一个星球上，而是航行在地球上，因为在你的前方，有人类的杰作。

奥夸特城堡实在太古老了，它的附属部分已经全部坍塌，其主体部分也已衰朽不堪，但它以一种难以言说的庄严感征服着所有走近它的人。世界上，凡是破败的东西，总会勾起人们的同情与怜悯，但这城堡，虽已被岁月风雨压"弯"了腰，而一股向上的傲气，却难以遮挡。

爱丁堡城堡既是爱丁堡城市的象征，也是苏格兰的象征。它建在死火山花岗岩顶上，俯瞰着跟它一样古老的城市。公元12世纪到16世纪期间，作为苏格兰皇家城堡，它见证了苏格兰的多次战争。

位于苏格兰尼斯湖畔的奥夸特城堡虽然只剩下废墟,但每天还是吸引着来自世界各地的游客。

爱丁堡城堡一角

我想，这便是城堡的魅力。

城堡绝大多数都是用石头建成的。从建筑学的角度看，城堡远远看去，非常庄严、气派、凝重，甚至给人以威严感。我不知道，城堡的建筑者是不是故意要用这样的建筑物把敌人吓跑。走近了看，城堡作为建筑物，其细部是极其粗糙的；但粗糙绝不是粗制滥造，它给你的感觉是力度、是雄浑。人类进入文明社会后，一切都变得太精细、太精湛，古人那种硬朗的线条反而能凝固成一部风格独具的建筑艺术史。

英国的自然

从文化特征上讲,中国自古是个农业文明的国家,而西方的许多国家,像英国、美国、德国等,则属于工业文明的国家。至于最早进行过工业革命的英国,更是一个老牌的工业国家。传统的观念认为,农业国家是自然的,或者说,农业国家更贴近自然。虽然历史语境发生了很大的变化,但"鸡犬之声相闻"、"小桥、流水、人家"这些文化代码,仍然跟中国这样一个农业占显著地位的国家联系在一起。相反,我们总认为西方的工业国家远离自然,环境惨遭破坏,工业污染严重,等等,等等。

当然,我们对工业国家的这些坏印象,很大程度上是受到了 19 世纪英国那批被马克思称为"出色的一批小说家"们的影响。记得狄更斯小说《荒凉山庄》里的资本家把烟囱看成世界上最美的建筑,烟囱里冒出来的黑烟则是最美的风景;D. H. 劳伦斯也用了不少笔墨描写英国煤矿的晦暗景象。

然而,英国用它纯正的自然证明,它倒更像个农业国家;相反,在中国则到处是工业,到处是厂房。一个朋友从美国来信说,没想到,到了工业国家,才看到了真正的自然。

英国的自然首先是以草地的形式呈现的。驱车从南到北走一遭,最深刻的印象就是一个词:草地。游遍英国,最能全面概括的就是一个字:绿。扑面而

"撑一支长篙向青草更青处漫溯"——徐志摩魂牵梦绕的康河。

苏格兰皇家官殿与自然——建筑可以是旧的,但自然永远是新的。

谁都想不到,这是英国沃里克大学校园内的一个湖。

白金汉官前的"自然"当然就更加讲究了,当然也就多了些"人工"的痕迹。

来的绿，绵延起伏的绿，让你觉得是行进在绿色海洋之中。而且，英国的草地是四季常绿的，所以，就是在深冬，也没有萧条的时候。

从美学的角度看，沉浸在一种色调中，必然会带来审美麻痹；纯粹的绿色，岂不呆板？不过，你不用担心，连绵的草地，有了远山的衬托，绿色的美像是有了依靠；广袤的牧场有了星星点点的羊群的点缀，自然少了寂寞；草地上凸起的古树，又使绿色多了几分灵动。英国当然不乏大片的林地，但绿野的中央偶尔矗立着一棵百年大树，或能显示天高地广，或让你的眼睛不至迷失方向。越过一片又一片的绿，你总能见到古老的教堂、凝重的城堡，甚至还有散布于英国许多地方的"巨石阵"。如果把绿草地看成是小夜曲，那么这些巨大的石头，多少像是交响乐。在无边的绿色当中，有了这些沉重的家伙，你就不用担心绿色会轻飘地飞起来。如果说英国的绿野像是巨大的绿色画卷，这些巨石阵和古堡则像是一个个镇纸。很多历史学家和科学家都在研究为什么英国有那么多的巨石阵；我的诗意的解释就是：绿野轻飘，必有镇压。

有宏观如英格兰北方牧场那样的草地，有微观如花园当中精心剪裁过的草坪；有散布于村庄城镇之间的洒脱的绿地，有皇家花园中修剪得巧夺天工的草坪：它们或修为文字，或剪为图案，硬是让这本属自然的东西比机器生产的还要整洁。弄坏了英国人的地毯不要紧，千万不要弄坏他们的草坪。

如果说英国的草地构成了其自然的基本色调，那么英国的树木则是这底色上遒劲的图画。"古老的英格兰"，从景观方面来说，一是指其古代的建筑物保存得十分完好，就是废墟也受到很好的保护，二是指它的树木保存得很好。在中国，经常听到这样的报道，说某某地方又发现了百年老树；而在英国，夸张一点地说，如果百年老树不可砍，似乎就没有什么树可砍了。同样，我们也不大看到英国人栽树（像我们在植树节栽树那样），因为，他们的很多树百年前就栽好了。这些大树，或兀自出现于绿野之上，或汇聚于丛林之中。

英国人的确是世界上最爱自然的民族。他们对自然的爱，一是体现在对公共自然的热爱。每当某地要进行开发，或要进行大规模的施工，如果当局不考虑它们对附近的风景线的影响，总会引起许多居民的抗议。为了给自然留下足够的空间，英国的各种建筑都是相对集中，周围则要留下数千英亩的广阔的绿地；每个城镇周围，都会有好几处这样的绿地。数千英亩地的公共绿地，如此奢侈地、从南到北、从东到西地点缀着这个国家，这一定会让我们的开发商们看了很痛心：为什么不盖上房子？除了这些绿地，在英国的乡间，每隔一段距离，还有一些自然保护区（reserved nature）。所谓自然保护区，就是将一块地圈起来，任里面的树木野草自然生长，给各种动植物留下一片不受人类打扰的"绿洲"。我所在的沃里克大学校园内，就有数百亩地是给"封存"起来的，除了野生动物，任何人都不许进去；人们只能隔着湖水，看对岸的苍鹭翩跹、看野鸭自在地生活。

英国人对自然的爱，还体现在对自己身边自然的经营。在英国，有房子必有花园，没有花园的房子，不是真正意义上的房子。在中国，看一个人家善不善料理家务，是看其家中是否干净整洁；在英国，看一个人家善不善料理家务，要看他家的花园是否赏心悦目。

自然不仅仅是指自然界的一切，它还指自然生态与人类的和谐，而这种和谐又取决于人类对自然的态度。英国人对自然的热爱，从其文学传统中可以见出。英国文学中的浪漫主义思潮，是英国人热爱自然的一个有力的例证。此外，英国文学中还有一个常见的主题：远足。人们喜欢远足，两个因素必不可少，一是因为爱好运动，二是因为热爱自然。汽车时代的到来，似乎宣告了远足时代的结束。不过，在英国的许多地方，远足之风仍然很盛。然而，由于铁路和公路把自然的"血脉"给切断了，如今的远足，其自然性远不如从前了。

当然，英国的自然大大得益于它"臭名昭著"的天气。多雨的天气为英国的各种植物提供了一个自然的乐园。那雨，说下就下，说停就停，无需浇水，无需灌溉，草木一年四季活得很滋润。充沛但并不滂沱的雨水让这个国家常年绿着。草地固然是绿的，石子路、老房子上，由于常年不断的雨水，也都盖着一层绿苔。一个朋友和我一起散步时风趣地说：这个国家到处是绿的，就差人不是绿的。

还有什么比绿色更好、更自然的呢？

英国的炉边文化

器物乃实用之物，一般说来，当中似乎没有多少文化。然而，一种器物一旦成为某个民族、某个地区所特有，或成为某个民族、某个地区的人们所热爱，时间长了，便因此产生出某种文化。英国的壁炉便是属于这种情形。

我来自北温带，且生活在淮河以南，所以对冬天的感受就是阴冷，对付阴冷的办法就是添加衣裳；当然，现在有了空调，可以抵挡一下了。在中国，听说北方人在冬天用炕，也见过北方人冬天靠供暖御寒，而我这个南方人，一样都没有真正体验过。到了英国后，发现英国的冬天则是另一番景象：壁炉是英国人生活中非常重要的一部分，甚至是必不可少的一部分。壁炉本为实用之物，但是它在英国人的生活中有着特殊的地位。我以前曾经写过，对于英国人来说，没有花园的房子，算不上是房子；有房子而没有园子，简直是有眼无珠；同样，我也发现，对于英国人来讲，没有壁炉的房子，似乎也算不上是房子；有房子而没有壁炉，那等于是有躯壳而无灵魂。

于是，壁炉不再只是一般的家居设施，它实际上成了"家"或"家园"或"家庭生活"的象征。于是，在英语词汇中，fireplace 或是 hearth 成为一个温馨的词汇；实际上，hearth 除了字面的意思"壁炉地面"、"炉边"之外，它的另一个意思就是"家庭生活"。我曾幽默地用许慎的"说文解字"的方法解释

hearth：从"心灵"到"家园"（第一个 h：heart；最后一个 h：home。）也就是说，hearth 是心灵的寄托，灵魂的慰藉，精神的家园。哦，原来语言之间是如此相通啊。

既然壁炉在英国人的生活中地位如此重要，英国人在壁炉上花的心思自然很多。于是，不仅要有壁炉，还要讲究壁炉的样式；于是，他们讲究壁炉用什么样的 hearthstone（炉底石）；于是，他们在乎用什么样的 mantle（壁炉架）；于是，他们考究使用别具一格的 hearthrug（炉前地毯）；于是，他们要让壁炉能够跟整个客厅融为一体，或在壁炉上方挂油画、家人的照片，或是在壁炉架上摆放几本书籍，或是在架上点缀两柱烛台，并在炉边放上一个盆景，在紧闭门窗的季节里不至于断绝了与自然的交流。

当然，壁炉在英国人生活中的重要性绝不是因为英国人只是把它作为一种家庭的设施来经营，它的重要性更主要的是体现在它在英国人的日常生活中的独特作用。从某种意义上说，如果说家庭是英国人生活的中心的话，壁炉则是这个中心的中心（就像咱们中国人常常把电视机作为一家的中心那样）。晚饭后，一家人喝着咖啡，围坐在壁炉前，或是读书，或是聊天，或靠在椅背上，或躺在摇椅上；女主人总爱先打开一本书，或是华兹华斯的诗集，或是兰姆的散文集，一家人听着，胖胖的男主人听着，听着，便睡着了，脚边偎着的是一只叫 Tom 的狗。总之，一家人爱怎么放松就怎么放松。暖暖的光洋溢在暖暖的空气里，暖暖的空气里荡漾着咖啡的芳香，咖啡的芳香里满是家的温馨。假如这时窗外飘着鹅毛大雪，假如这时大雪把整个原野和山岭都覆盖了，这炉边的温馨，这屋内的温情，更是显得春意盎然；假如这时原野上吹刮着刺骨的罡风，假如那风声嚎叫如野狼，假如海峡的风浪猛烈地撞击着岸边的峭壁，这小小炉边更像是一个恬静的港湾。英国的冬天的夜晚总是那么漫长，而夜晚越是漫长壁炉便越是把一家人紧紧地凝聚在一起，心灵的交流也越是深入。这就是英国的炉边文化，英国的 fireside culture。

提起英国的冬天我们便要回过头来探究一下,为什么壁炉在英国人的生活中是那么重要,炉边文化在英国的历史上是那么发达。

英国是一个高纬度国家,其纬度跟中国的黑龙江差不多;但是,由于大西洋暖流的缘故,英国冬天的气温并不低。其实,相对于很多中纬度国家,英国的气候是宜人的。夏天最高温度一般在 10 到 25 摄氏度之间。冬天温度其实并不很低,绝没有极端寒冷的天气,但是由于高纬度的原因,英国的冬天很漫长,而且多阴冷雨雪天气。10 月份过后,阳光就开始疲软了;深冬时节,下午 4 点之后大家就准备过"炉边生活"了,而在早上 8 点之前,很少有人愿意离开家门的。这样一来,从 10 月到来年 3 月,英国人都可以享受比较漫长的夜晚。我常开玩笑说,难怪英国文学发达,那么长的时间呆在家里,不写诗歌也会写散文的。

英国虽然没有极端寒冷的天气,但我发现,英国人是世界上最怕冷的。炉边文化其实不是季节性的,不只是一种冬天的文化;我发现,英国人差不多一年四季都使用壁炉。我跟另外两个英国人合住一个小别墅。那两个家伙 6 月份也要用壁炉,而我一直反对,因为我不希望账单上的数目太大(我们用的是燃气壁炉)。

事实是,一方面,炉边文化在英国文学中也占据着十分重要的位置,另一方面,英国文学也常常把炉边文化作为其表现对象。无论是狄更斯的《圣诞欢歌》,还是爱米莉·勃朗特的《呼啸山庄》,洋溢其间的,无不是炉边文化。

在那些漫长的冬日的夜晚,我常常靠《呼啸山庄》来消磨时光。大家都知道,《呼啸山庄》讲的是希斯克利夫和凯瑟琳之间的奇异爱情,而那爱情的背景又是北方的荒原,所以整个作品透露出阴森恐怖的哥特小说气息。其实,如果我们想了解英国的炉边文化,大可从这本小说开始。我在读这本小说的时候,特别留心了"壁炉"这一意象在作品中的作用和地位。作品中 36 次出现了"壁炉"这一意象(世界上恐怕还没有别的学者做过这一统计),它们散布在作品的大多数章节里。我不厌其烦地把部分句子录在下面,或许对大家理解炉边文化有帮助。

英国的冬天总是很漫长，漫长的冬天催生了英国的"炉边文化"。

莎士比亚故居里的壁炉

华兹华斯故居里的壁炉

我凑近壁炉，感叹这夜晚的荒凉。（第二章）

辛得利从舒适的壁炉边猛地站起身，揪住我们当中的一个人的衣领，抓住另一个人的胳膊，把他们两个扔进了后间厨房。（第三章）

两张凳子差不多围成了一个半圆，几乎把壁炉包围在当中。（第三章）

希斯克利夫太太跪在壁炉前，借着炉膛里的火光在读书。（第三章）

我兴致勃勃地走上前去，似乎是迫不及待地要沾点壁炉的温暖。（第三章）

我，离壁炉稍远一点，忙着手上的编织活，约瑟夫在桌子旁边读着他的《圣经》。因为晚上干完活之后，仆人们在这个时间通常都会坐在这间屋子里。（第五章）

爱德加站在壁炉边，静静地哭着，而在桌子的中间坐着只小狗。（第六章）

"……在凯西小姐出来之前，让我把你穿戴得体体面面的，然后你们就可以坐在一起，整个壁炉全归你们享受，你们可以一直聊到上床。"（第七章）

我感到我无法从壁炉跟前移开去……（第七章）

这就是我新近的主人；壁炉上摆着的，是他的肖像。（第八章）

她走进来了，径直朝壁炉走去。（第九章）

我下楼比平时晚，发现阳光正穿过百叶窗的缝隙，凯瑟琳小姐仍坐在壁炉旁。屋门半开着，光亮从未关的窗户射进来；辛得利已经出来，站在厨房的壁炉前，面容憔悴，昏昏欲睡。（第九章）

我正打扫壁炉时，忽然发现她的嘴唇上露出一丝不怀好意的微

笑。(第十章)

他站在壁炉前，双手交叉着抱在胸前，脑子里转着坏念头。(第十一章)

老实说，如果我能到那位年轻女士的屋子里去，我至少会把壁炉打扫过一遍，并用掸子把桌子拂拭过一遍了。(第十四章)

希斯克利夫太太的嘴唇微微颤抖了一下，走到窗前，回到座位上。她丈夫则在我旁边的壁炉前的石板上站住，开始询问有关凯瑟琳的事情。(第十四章)

我最后一次见到他的情形是这样的，只见他恼怒地向前冲去，但被他的主人抱住；两个人僵在壁炉前。(第十七章)

我走了进去，发现我那迷途的羔羊正坐在壁炉前，在她母亲小时候坐过的摇椅上，摇晃着。(第十八章)

林顿站在壁炉前，他刚刚在田野里散过步，因为他的帽子还在头上……(第二十一章)

林顿打起精神，从壁炉前走开。(第二十一章)

凯瑟琳跑向壁炉，暖暖身子。(第二十三章)

林顿坐在扶手椅里，而我坐在壁炉前石板上的摇椅里，我们有说有笑，十分开心，发现双方有说不完的话。(第二十四章)

正当我犹豫着是不是该立刻离开，或是回去找我的女房东的时候，一声轻微的咳嗽把我的注意力引到壁炉跟前。(第二十八章)

希斯克利夫朝壁炉走去。(第二十九章)

她退回到壁炉跟前，很坦然地把手一摊。(第三十二章)

希斯克利夫先生朝壁炉走去，很显然，他很生气；不过，当他看到这年轻人时，他的怒气很快消退了。(第三十三章)

我打扫完壁炉后，又把桌子抹了一下，然后离开……(第三十四章)

请原谅我如此冗长的引用。不过，我费这番苦心，就是要各位看出，壁炉几乎成为英国作家在表现生活时的一个绕不开的存在；他们写着，写着，就写到壁炉了。从以上引文我们还可以看出，英国人的生活似乎离开了壁炉就无法展开，他们似乎无法离开壁炉而生活。

壁炉像一个强大的磁石，把世世代代的英国人吸引在它的跟前。

在英国坐火车

英国的国内交通主要由三大块组成：火车（包括地铁）、长途汽车（coach）和公交汽车（bus）；至于飞机，在英国国内交通中占的地位似乎并不十分重要，其航班主要是飞国外，所以英国的机场多为国际机场。也难怪，英国毕竟不大，在这么个小岛上开飞机，一不小心就开出国界了。

在英国坐火车既极其方便又十分舒适。作为世界上最早开通火车的国家，英国的铁路网十分发达；到英国的大多数地方都可以乘火车去。更主要的是，其火车客运非常迅捷；无论大站小站，你很容易就能乘上想乘的车次，而乘车的自由度和灵活性更是方便了旅客。

在国内，我们乘火车的经验是：一般提前去买好车票，而且要看好车次、乘车时间、座位号，等等。一张车票决定了你只能乘哪个时间的哪个车次，错过了，车票会作废。而且，上车时得严格检票，决不放过一个"漏网之鱼"。没有车票站台是去不了的，到站台上去送人、接人得买站台票。但在英国，大多数车站是没有人检票的，你买了票就到相应的站台上去乘你要乘的车。没有人问你有没有买票，那是你自己的事。我告诉英国朋友，我们到站台上接人要买站台票；然后我向他们解释什么是站台票，他们至今都没有明白，为什么到站台上去接人要买站台票。

一个人背着行囊去坐火车，似乎更有一种人在异国的感觉。

离开剑桥时，发现整个车厢里只有我一个人，挺不好意思的。

在英国坐火车虽然一般情况下不检票，但到了车上，有时会有人查票，但更多的情况下是没有人查票的；所以，要逃票是件容易的事。我经历过几次查票，但车上没有发现有人被查出无票乘车的；但我也看到过，一个亚洲人模样的旅客，看到有人查票，就起身上了厕所。车票的种类很多，有上车前临时买的票，有在异地买的或几天前买的回程票（return ticket），也有在当地买的汽车和火车连在一起的一日节省票（day saver），还有会员票，等等。总之，大家都很自觉。铁路公司以君子风范待客，旅客自然不乏君子风度。

铁路公司鼓励乘客买往返票。往返票的票价有时真让人看不懂。比如，单程票的票价7英镑，往返票的票价只有7英镑2。

当然君子风度后面有法规的支撑。我步行去学校时，经常路过一个小火车站；由于经常从那里走，我跟小站的站长"混"熟了，有时我也向他打听些乘车的知识，有一次他告诉我一个诀窍。他说，在这样的小站，夜里经常是没有人卖票的；这时你只有用硬币在门口的机器上买。如果你不知道票价，那你就尽量不要买足，比如花50或10便士买张票。如果有人查票，你就补足票款，如果没有人查，你就可以顺利坐到终点；换言之，从理论上讲，花1毛钱可以游遍英国。但是，上车前一定要买票，哪怕是1毛钱的票；买了票你就是获得了乘车的许可（permission），票面金额不足没关系，可以补，但无票乘车是件严重的事。我有个朋友急着去赶飞机，到了火车站，看到火车进站了，就连忙上了车；心想，到了车上再补票（像在中国那样），然而，这天碰巧有人查票，她主动上前说明情况；但是她的情况已经违反了法规，结果被罚了10英镑。

舒舒服服地乘火车有两个条件：一是火车上的设施要好，二是旅客不能太多。就设备而言，英国的火车似乎跟我们的差不多，但仔细一看，就觉得人家的设施很人性化。比如，每个车厢里都有几台电视机；大多数车上，座位上都有当日的报纸；座位的组合方式也不是单一的，比如，你是五六个朋友一起旅行，你就可以找到能使大家聚拢在一起的座位。英国的火车似乎很少有坐满的时候。比如有一次，我一早去机场，偌大一个车厢就坐两个人。有一次我从剑桥到伯明翰，到站时整列火车只走下七、八个旅客，我所在的车厢，就我一个顾客。赚钱得开，赔钱也得开，这才叫服务（service）。我坐了那么多次火车，只有一次在去牛津的火车上站过 40 分钟。

恐怕有了这样的服务英国的绅士们才绅士风度得起来：假日里不慌不忙地来到火车站，看着火车没到，便坐到咖啡间去喝咖啡；喝着喝着，该乘的火车开走了；不过没关系，下一班马上就到。喝完了咖啡，抬头看看时刻，不紧不慢地走上站台；火车到了，按一下车门上的 OPEN，车门打开，不紧不慢地上去，随便找个地方坐下。这是旅行，也是闲庭信步，也叫享受生活。

乍看英国的铁路设施跟我们的差不多，但细看就觉得人家的功能更齐全，而且所有的设施不是摆设，是给旅客提供方便的。车站甚至有时要提醒你去利用他们的设施。比如，在伯明翰国际机场，从站台到地面的楼梯上，我看到这样的一行字：Do not struggle up the stairs. The lift is available. 意思是：您不要拖着行李艰难地爬楼梯，我们为您准备了电梯，请用电梯。

英国的铁路不仅考虑到旅客的方便，连旅客们的狗都受到了关怀。比如在考文垂火车站，就专门给狗设了饮水处。

原来英国的铁路服务，不仅服务于人，也服务于狗。

在英国朗诵诗歌

我爱写诗,也爱朗诵诗歌。到英国后,最初先是忙于适应环境。当然,我到英国的最主要的任务是学术研究,所以,我是尽量地压制住自己的诗情,很少写诗,更谈不上朗诵。尽管有时也用诗歌来排遣乡愁和孤寂,但也只是用中文写作而已。后来,随着生活渐渐安定下来,以及语言和文化上的适应,我便开始用英文创作诗歌。起初,我并没有什么"野心";用英文创作无非是两个目的,一是提高自己的英文写作水平,二是用另一种语言寄托自己的失重状态。我的第一首英文诗歌是一首150行的长诗,我写了一个通宵,写到最后,竟然忘记了是用什么语言在写作,我也因此感受到用英文写诗的快乐。我把这首诗发给我所在的那所大学的一位老师,她很吃惊,说我是创造性地使用了英语;在征得我的同意后,她将诗用电子邮件发给了所有的同事:奇诗共欣赏。

再后来,我跟当地的一个诗人Jonathan相识,我便把自己写的英文诗以及我中文作品的译文给他看,他很有兴趣,并邀请我参加他们每月一次的诗歌朗诵活动。于是,我开始了在英国的一系列的诗歌朗诵。

我所留学的沃里克大学(Warwick)在西米德兰兹郡(West Midlands),离大学最近的城市是考文垂(Coventry)。每个月的第一个星期二我们都要在市中心进行诗歌朗诵。在英国的朗诵经历,让我改变了以前对朗诵的认识。通常我

与来自欧洲各地的诗人一起朗诵诗歌

与英国诗人 Jon 一起在戈黛娃艺术节上

在英国沃里克大学朗诵诗歌

苏格兰诗人W. N. 赫伯特在朗诵

们的朗诵分正式的和非正式的。正式的朗诵带有文艺表演的特点，朗诵者站在舞台上，讲究舞台效果，追求字正腔圆；非正式的朗诵一般是指诗友文朋间的朗诵，特点是比较随便。在英国，我们朗诵的场所主要是在酒吧，朗诵特点介于正式和非正式之间。我们事先跟老板说好，晚上要去朗诵。一般说来，酒吧老板都很欢迎我们去朗诵。有时，我们一个晚上要到几个酒吧朗诵。在酒吧似乎比饭店还要多的英国，去酒吧朗诵是最好的选择。夜幕降临，英国人最爱去的地方是酒吧；在酒吧朗诵也就是选择了人气最旺的去处。

在诗歌备受冷落的今天，让我感到惊讶的是英国普通民众对诗歌的热情、认可和宽容。不管我们朗诵什么风格的诗作，大家都能很认真地倾听、欣赏；即使有人喝完了酒要离去，他们也会在把一首诗听完后离开。每次朗诵完一首诗，他们都报以热烈的掌声。

诗人们的朗诵方式也让我吃惊不小。在我们的理解中，诗歌是崇高的艺术，诗歌朗诵同样是崇高的艺术，是阳春白雪。但在英国，我发现诗人们对诗歌的理解很不一样。他们朗诵的诗作，自然绝大多数是出自他们自己之手。朗诵时，他们有的是将朗诵和歌唱融合在一起，把诗歌艺术的音乐美，突出地体现出来；有的还加上一些音响效果，这是在阅读文本时无法领略到的。更主要的是，诗人们的一些作品常常与人们的现实生活密切联系；我注意到，每次朗诵时，布莱尔的名字都会被提到。当诗句中出现"我要把布莱尔毙了"的时候，座中总会爆发出热烈的掌声。

我加入"朗诵团"之后，每次朗诵便多了一重东方色彩。主持人每次总要隆重推出"来自中国的教授和诗人"。我主要朗诵自己的英文诗歌。说真的，我不知道我的英文诗写得如何，我也不知道我的英文朗诵究竟是好是坏；但我一直坚持参加每一次朗诵，因为我觉得我代表的是一个国家，代表的是一种东方语言的诗人。当地的中国学生、学者很多，他们甚至在当地形成了一个规模不小的中国社区（community）；有了自己的社区，自然不必麻烦去跟当地人交流。

而我觉得，既然是到了国外，就应该学会去跟当地人交流，"深入虎穴"地认识外国文化。总之，我就是这样固执地、不知天高地厚地坚持参加这类活动。有时，我感到很孤单，我相信我的同胞能理解我在异质文化语境中的那种感受，可是环顾四周，我看不到一个中国人。有时，主持人会对我的诗作本身和朗诵，说一声"Good stuff！"（好！）"Well done"（真棒！）有时，听众当中会有人跟我交流对我的诗歌的看法，说他（她）怎么怎么喜欢我的哪一首诗；这时，一种欣慰之情便在我的心中油然而生。

每次朗诵时我都有一段开场白，其中往往有这么一句：Poet from China！Poem from China！（来自中国诗人！来自中国的诗歌！）我要让China这个词尽可能多地在我所到的地方响起。每次在我朗诵完我的英文诗歌时，我会用中文朗诵一段李白或东坡的诗，让古老的诗句在那岛上响起。我要让那些对中国知之甚少或对中国怀着偏见的英国佬们知道：中国有诗歌，中国的诗歌比他们的要古老。这时，我的心中常常涌动着一种民族自豪感；这时，我非常希望有我的同胞在场。然而，环顾四周，我很孤独。

2005年7月1日，我应邀参加一个较为重要的诗歌朗诵活动；它是考文垂一年一度的"戈黛娃文化节"的一部分。当晚诗歌朗诵的主题是，诗歌：东方与西方。我和来自克罗地亚、波兰等国，以及加勒比海地区的诗人一起朗诵，给我的朗诵时间是10到15分钟。这次朗诵活动得到了考文垂市政府的赞助，给我12分钟的朗诵所付的报酬是50英镑（约750元人民币）。在英国，我没有打过工，除了获过一次诗歌奖外，这是我在英国所挣的最大的一笔钱。50英镑是区区小数，但它是我靠诗歌挣来的，我倍感珍惜。

在英国朗诵，用英文朗诵，让一颗心跳跃于两种语言之间，也给我那孤独的日日夜夜增添了些许彩色的瞬间。

在英国获诗歌奖

留英的生活就这样结束了。回首这段生活，多少像个梦：被空中客车以疯狂的速度从一个纬度带到另一个纬度，被扔下，在一个绝对陌生的环境里，一时间找不到文化的北。徐志摩曾经写过一首诗《我不知道风是在哪一个方向吹》，诗中写道："我不知道风是在哪一个方向吹——我是在梦中，在梦的轻波里依洄。"我想，我的感受，跟志摩写这首诗时的感受多少有点相近。

文化跟空气差不多，有时你根本感觉不到它，有时你又觉得它无处不在。然而，在一种异质文化中，你会觉得文化会触目惊心得像座狰狞的大山，横亘在你的面前；你也会觉得，无论你怎么努力，两种文化会泾渭分明得让你绝望。有时，所谓文化融合，实际上不过是井水不犯河水，彼此相安无事罢了。文化间的妥协，多少有点像夫妻间的忍让。

在异质文化的迷雾中，我的确有点失去了方位，但我要找到自己。起初，我试图用中文写作来排解自己孤单的情绪，试图在自己的母语中找到回家的感觉。然而，所闻是英文，所读亦是英文，用中文写作常有隔靴搔痒的感觉。于是，到英国几个星期后，我尝试着用英文写诗。

诗歌本身是一种模糊的艺术，而对于我这样一个经营了这么多年汉语语词艺术的中国诗人来说，用英文写作，实际上多少有点云里雾里的感觉。两者加

伦敦市市长利文斯通出席本书作者的受奖仪式

本书作者获得英国沃里克大学50周年校庆英文诗歌竞赛第二名

语言可以有界限，但诗歌没有边界。

在一起，这回真让我朦胧到家了。不过，我还真的在这种朦胧中找到了某种快感。结束了白天的工作，英文写作成了我的避难所。实在写不下去时，我会把自己的旧作译成英文。

英国冬天的夜晚是那样的漫长；漫漫长夜，思乡的弦似乎更加敏感。而我只能用写作代替回家。

渐渐地，我认识了一些当地的诗人，我的英文诗歌得到了他们的好评，他们还经常约我去朗诵诗歌；这使我对英文写作多少增加了一点信心。

三四月间，我从学校的网站看到校庆诗歌竞赛的通知；竞赛面向全校的教职工和学生。我心里痒痒的，很想借此机会验证一下自己的英文写作水平；然而虚荣心又让自己却步，心想，自己的中文写作已经相当不错，而用英文作品参赛，就是拿自己的弱项与人家的强项作较量。患得患失了好些天后，我还是鼓起勇气，在截稿的最后一天，把作品送去了。送去之后，我尽量把这件事忘记，免得平添烦恼。

在英国时，我过的几乎是黑白颠倒的生活：每天很晚才起床，手机上午从来不开。然而，4月底的一天，我不知何故，居然很早就起了床，并开了手机。约9点多，手机响了，是诗歌竞赛评委会打来的，说我的诗歌"Translation"获得了二等奖，并要我5月2日参加颁奖晚会。整个竞赛收到58个作者的作品，我的诗歌最终排名第二。

对我来说，这个消息太重要了。我的努力终于得到了某种形式的认可。我狠狠地高兴了一天，把这个消息告诉了我的朋友们。我在国内时，也获得过一些诗歌奖，但是，这回我感到格外高兴，因为这是在别人的地盘上，用别人的母语写作。我感到高兴还在于，中国的形象在这里得到了体现。在颁奖晚会上，除了我邀请的两位中国朋友，其余的都是西方人。这时，作为个体的我似乎已经变得不重要；这时的我已经跟一个国家和一种文化紧密地联系在一起了。

在英国听讲座

世界上第一所大学是意大利的博洛尼亚大学（University of Bologna），它创办于 1088 年。9 个多世纪以来，大学制度在不同的文化语境和历史语境中发生了许多变化，但大学制度中两个最基本、最主要的职能始终如一，一是人才培养，二是学术研究。学术研究可以使知识得到不断更新，人才培养可以使知识得以薪火相传；而且，大学教师在培养人才的同时，其自身也得到了培养；所以，从这个意义上说，学术研究便成了大学的灵魂。知识的传授其实包括两个方面，一是客观知识的传布，二是在传布知识的基础上让学生懂得如何去创造，即让学生的思维在接受知识的过程中得到锻炼。芝加哥大学的校训是：让知识充实你的人生（Let knowledge increase so that life may be enriched.）。圣保罗大学的校训是：科学乃胜利之本（Through science, you will win.）。耶鲁大学的校训是：真理、光明（Truth and light）。爱丁堡大学的校训是：饱学者所看到的是平常人的两倍（The learned can see twice.）。从这些大学的校训也可以看出，知识和学术是处在大学的中心，而知识又是一切创造的开端，是启迪思维的前提。

如果说，课堂教学是知识传授的最常规的方式，那么，讲座则是大学传授知识、激发创造灵感的一种更为精致的形式。如果说课堂教学像一部电视连续剧，讲座则像一部情节更为紧凑的电影；如果说常规的课堂教学像一桌大菜，什么都有，听讲座则好像是品尝风味小吃，虽然不是酸甜苦辣都能尝遍，但可以领略到独特的佳肴。因为，讲座是浓缩的，是演讲人所做研究的最精华的部分。所以，我更喜欢去听讲座。

英国的大学里讲座很多，而且形式多样；它与常规的课堂教学构成了一个有机的整体。在英国的大学里，讲座简直是四季不断，常规教学时间有，假期里同样有。当你走进一座几个学院或中心共用的大楼时，进口处总有各家讲座的宣传传单。有的讲座可以随意参加，有的讲座需要网上预约，有的讲座则需缴费，有的讲座甚至提供招待（reception），当然，招待不会是大吃大喝，往往是提供一点红酒或其他饮料，以及一些小点心。跟国内的讲座有所不同的是，开设讲座者可谓五花八门：名教授固然开讲座，此外社会各界人士，欧洲著名的经济学家、诺贝尔奖获得者、小说家、诗人、摄影家，甚至学生，都能有机会到大学里"崭露头角"。这使得大学真正成为一个海纳百川的地方。一般认为，所谓讲座就是学术讲座，但在英国的大学里，讲座的形式也是多样的。有的讲座重"讲"，有的讲座重"演"。所谓"演"是指有的讲座邀请著名作家来朗读他们的作品，或著名钢琴家一边表演一边讲授。

英国人讲究实际，强调讲座的效果，不很在乎外在的排场。我们的讲座往往喜欢大肆宣传，张贴很威风的海报，动用场面很壮观的礼堂，把那么多的学生吆喝到那么大的场所去听。很多学生是被逼无奈才去听的。结果是，很多听讲者对讲座本身并不感兴趣。而这里的讲座，往往是事先在本系或本中心的门口张贴一张A4纸那么大小的"海报"，告知时间和地点，是不是要付费；如果不要付费，就写ALL WELCOME，如果要付费，会写明要交多少钱。像我们所出的那么气派的海报，这里还没有过。实际上，他们的讲座规模一般都很小。一个系或一个中心在一段时间里往往有许多讲座，这些讲座通常提前许多天通知，供大家选择。外请的主讲人不叫专家，叫Guest speaker（不像我们出海报时一定要写上什么博导、什么会长、什么主席之类，一长串头衔），以区别于自

本书作者在英国沃里克大学翻译与比较文化研究中心做学术讲座

作者在英国开设讲座时的海报

英国沃里克大学艺术中心,校园内人气最旺的地方。

己家的教师。大多数讲座的场所都不是很大，30到40个人的样子；如果有更多的人来，就坐在地毯上。这样，来听的没有一个是被吆喝来的，都是对所讲内容有兴趣的学生或教师。一般情况下，本"单位"的老师往往都会到场，讲完后大家踊跃地提问。总之，这样的讲座毫无作秀之嫌，完全是一种学术行为。

在举办讲座时，英国人显得很简朴，不喜欢铺张。上面所提到的海报形式，也是他们简朴的一种表现。他们的简朴还体现在讲座的其他开支上。比如，他们不必花太多的钱邀请名家。被请的"专家"在"待遇"方面往往也很低调，路近一点的，自己开车来；路远一点的自己搭火车来。来得早的，主任花几英镑请他（她）吃顿便餐；不在这里用餐的，讲完后，喝杯咖啡走人。伦敦大学帝国学院的Nicky Harman是虹影小说《英国情人》的英译者，我所在的中心请她来讲自己的翻译心得。她自己乘火车从伦敦赶来，刚好赶上讲座开始，讲完后，我们请她喝了杯咖啡，她便很满意地去了火车站。至于我们国内所说的讲课金，英国人有时也给，那往往是很少的，有时少得跟来去路费差不多。有一次，中心请我开讲座，中午主任请我吃饭。所谓"请"我，也就是到楼下的小餐厅吃个便餐；我看到主任只点了很少的一点东西，我自己也就只敢吃个半饱了。有的讲课者甚至还倒贴，因为他们讲完课后，还要留点钱给邀请单位做奖学金。奥地利维也纳大学的Mary Snell-Hornby教授就是一个例子。她每年春夏之交都要到沃里克大学来做一次讲座，同时颁发以她的名字命名的奖学金。

英国人除了自己爱办讲座，还特别喜欢追着讲座听，学生如此，老师也是这样。本系本中心所举办的讲座，不管是自己的同事讲，还是外面的Guest speaker讲，老师们都纷纷来听，并经常以听众的身份进行提问。而国内的大学这方面就很欠缺，同事所开的讲座，似乎只是给学生听的，自己不爱参与，甚至还有文人相轻的嫌疑：他的讲座有什么好听的。而在英国，一些大学举办重要的讲座的时候，往往会邀请非本城的学者参加。于是，有很多老师（有时会带着自己的学生）为了听一场别的大学举办的讲座，会乘几个小时的火车。来回在路上花费六、七个钟头，为的是听两个钟头的讲座。这种精神真的值得我们学习。深受这种风气的影响，我也曾冒着风雪乘火车去牛津听过讲座，顶着烈日到伯明翰参加那里的学术活动。

从英国大学所开设的各种讲座，我们可以看到其大学的纯粹性。我们的大学也举办很多讲座，聘请很多学者来讲学，但总觉得味道不正。排场搞得很大，但常常是醉翁之意不在酒，或造声势，或搞学术外交，或把讲学作为报答学界朋友的一种方式，等等。一场讲座下来花掉五千、六千，甚至上万，是常有的事。

大学制度是欧洲中世纪的产物，讲座是大学的一个组成部分。在我们口口声声说要与西方"接轨"的时候，我真希望我们的学术讲座能更纯粹一点，更"大学"一点。

古老的英格兰

在评价莎士比亚时,学者一般都这样认为:他所写的故事不管是发生在北欧还是在意大利,他的作品字字句句写的都是快乐的英格兰、古老的英格兰。的确,从踏上那片土地的第一天起,我就一直在思索:这个国家的哪些特点是它最为独特的?它的确有很多独特之处,但我始终觉得,"古老"是它极其显著的一个特点。

作为世界上最有影响力的国家之一,英国当然也是"与时俱进"的。历史上,英国人发明了世界上最早的蒸汽机,拥有世界上最早的火车;而现在,他们拥有世界上最尖端的克隆技术。然而,这个老牌的资本主义国家,在玩弄最新的科学发明的同时,总爱把最古老的东西存留下来,并且落实在当代生活的许多细节当中。祖上砌的房子,不能轻易拆掉,如果要修道,道路可以绕开,房子依然矗立;这就是为什么他们的街道或道路总比我们的有更多的弯路。祖上的建筑就是旧得只剩下废墟了,也得好生留着,既不轻易清理掉,也不愚蠢地将它复原。剑桥和牛津代表着英国最高的学术研究水平,但那些最尖端的成果往往是在八九百年的古宅里实验出来的。

一月下旬,我跟我的第一个房东去看她女儿 Wendy,到她家去包饺子。驱车 40 分钟左右,我们到了 Wendy 家。那是 Kenilworth 乡间极普通的一所房子。一楼很狭窄，进门先经过餐厅，客厅矮得令人压抑。Wendy 很得意地告诉我，这是他们家新买的房子。新买的房子？我一脸的不解。更令我惊讶的是，Wendy 告诉我，她这房子是维多利亚时代的建筑，距今已经三四百年。天！这么古老的房子还没有给贴上标签，给"保护"起来，而是在居民的手上捣来捣去！当我走在各个居民区之间时，我十分留意一样东西，那就是脚手架，但我很少见到。我常开玩笑地对朋友说："这些英国鬼子，怎么在我来之前把房子全造好了？"

　　房子固然是旧，甚至古老，他们的生活方式有很多也仍然带着显著的 19 世纪、18 世纪，乃至更早时候的痕迹。在日常生活中，虽然英国人跟世界各民族一样，在生活的各个方面享受着最新的产品，但是，在他们的生活中，我们随处可以看到 19 世纪之前的小说中所写到的器物；虽然现在是 21 世纪，但是 18 世纪、17 世纪的东西，在他们的生活中依然随处可见。酒吧总是那么小小的，里面的光线总是那么暗暗的，室内的家具、陈设总是那么笨拙，用又厚又粗的木板钉成。太阳下山后，人们还像 17 世纪那样在那昏暗的灯光下默默地喝酒；并且还像"旧时代"一样，有文（诗）人偶尔到酒吧里朗诵他们的作品。大本钟修建于 19 世纪前期，到现在谁也没有觉得它的存在不合时宜。

　　房子是旧的，道路是旧的，酒吧是旧的，树林是古老的，只有那绿永远是新的。但英国人并不因为他们的东西是"旧的"而自惭形秽，相反，这正是他们沾沾自喜的资本。不但有形的东西是旧的，就连他们那套政体也是多年来始终保持着。律师们多少年来穿着同一种服装；法官们多少年来用同一个动作挥动着那把小锤子；那几个传统的节日，多少年来一个不添加，一个不减少；咱们中国人很多年不抽自己卷的香烟了，但在英国，几乎每个小商店里，都可以买到烟丝和卷烟纸，而这玩意儿在咱们"新"中国几乎买不到了。

　　初到英国时，我抽的是从上海带去的卷烟，后来存货越来越少，经同好们介绍，才知有烟丝卖；于是我隔三差五地到我"家"旁边的一个印度人开的小

爱丁堡街头的苏格兰哲学家大卫·休谟（David Hume, 1711-1776）雕塑

爱丁堡古老的苏格兰王宫

在剑桥大学古老的学院里，人文与自然水乳交融。

湖区的民居,华兹华斯经常走过的地方。

位于爱丁堡市中心的司各特纪念碑

爱丁堡城堡一角

店去买烟丝和卷烟纸。起初很虚荣，不敢大张旗鼓地抽自卷的烟，后来到酒吧一看才知道，很多人都抽烟丝，都舍不得买5块钱一包的香烟呢。

虽然有英超联赛的疯狂，但整个英国是宁静的。每天去大学的路上，我都要经过一处小火车站。那火车站大约只有100多平米那么大，红砖墙配着黑瓦，那么小，但又那么和谐。站长告诉我，那火车站30年前就在那里，30年后仍然是那个样子，没有与时俱进。每天都只有三三两两的人来乘车，火车轰鸣着开走后，一切又归于安宁——依然是一处寂寞的小站，如30年前。是的，我等火车的那个小站上的那种宁静的气氛，一定跟英国20世纪初的著名诗人拉金等火车时的气氛是一致的。每当我在那小站上等火车时，我便想起拉金，因为他当时就住在那附近，他上的亨利八世中学就在我"家"后面。

是的，走在英国的草地上，看着近处和远处的民宅，我常常觉得这个国家既是活在现在，又是活在过去。那些房子总是那么陈旧，那些花园总是带着古韵，只有从木栅栏的缝隙间伸到外面来的那些花儿，永远那么新鲜。不过，别以为英国人都落伍了，如果你仔细看看，那些陈旧的房子大多数都配备着先进的设备；就在我们热衷于安装各种各样的防盗窗、防盗门的时候，这些英国居民的貌不惊人的房子都有先进的报警设施，并且和警察局直接相连。

但是，英国的先进也好，现代化也好，都是毫不张扬的样子；他们的现代化是"藏"在生活的里面的，而显露在外面的，则是古老的气息。这就有如，某人穿着最好的名牌内衣，外面却罩着件破风衣；相反，我们一些地方的现代化似乎是用貂皮大衣罩住些破棉絮。

古老的英格兰的古老是彻头彻尾的，从南部的布莱顿到北方的 Iverness，洋溢着的无不是古老的气息。而这种古老在格拉斯哥，在爱丁堡，在约克，在伦敦，似乎显得更加突出。当你走进伦敦的那些古老的街区，你便是走进了许许多多的古老的故事。

汉普斯特区的那处济慈的故居还在，他写下著名的《夜莺颂》的那个花园还在，虽然今天我们听到的那些仍在歌唱的夜莺已经不是济慈所听到的夜莺；

在南沃克区，狄更斯在其作品《小杜丽》中写到的乔治客栈还在，虽然它建于1677年；

在汉普斯特德，济慈当年经常和柯立芝一同散步的那个公园里的"白色的蜿蜒小径"还在；

圣保罗大教堂的约翰·多恩的墓碑还在，更令人惊异的是，墓碑上被1666年的伦敦大火烧过的痕迹，仍然保留着；

多芬街上的布朗饭店至今还保留着当年吉卜林和他的妻子婚后的住所；

乔治·艾略特最爱光顾的饭馆还在；狄更斯写《孤星血泪》的道蒂街49号还在；滑铁卢街上，狄更斯和萨克雷吵架之后又重修旧好的那处俱乐部还在；伦敦塔桥还在，皇家格林威治天文台还在……

——这就是伦敦。

建筑物要留着，连某某人散过步的小径也要留着，连某和某吵过架的地方也不能轻易地从城市里"删"掉。牛津大学里一些学院的木门有的大概有四、五百年了，稍微用点力就能把它们拽下来，旧得快掉渣了，但人家就是舍不得换扇新的。

但是，古老不能简单地理解为陈旧，古老也不是不舒适；古老才有文化，因为文化是积淀，文化是一般过去时的一般现在时呈现，文化不仅存在于书本中，也存在于住过的房子里，走过的小径上。

前面我说过，那么多的东西都是旧的，但有样东西是新的，那就是自然。再古老的房子旁，都会有鲜花盛开，都会有绿树生长。其实，再美再堂皇的建筑，如果没有自然的点缀、映衬，必然是丑陋的。

正像自然界的美需要我们慢下脚步，从容地欣赏那样，英国的古老，同样需要我们把一颗浮躁的心平静下来，仔细地去品，就像我们喝中国茶那样。

第二辑 剑桥的水

剑桥的桥

剑桥和牛津在世界上的声望固然跟这两所大学具有传奇色彩的历史、超一流的学术研究有关,但跟其他一些非学术性因素也不无关联。剑桥在中国的声望,很大程度上跟徐志摩的那首《再别康桥》密不可分。"康桥"为何?每次给学生讲《再别康桥》的时候,都要给学生解释一番。告诉他们,"康桥"就是"剑桥"。20年代的中国知识分子将"剑桥"(Cambridge)翻译成"康桥"真是别具匠心,是音译和意译的合璧。也有同学问我,"康桥"会不会就是指剑桥大学的某座桥;或者说,剑桥大学是不是有座桥名叫"康桥"。因为当时我没有去过剑桥,我只能按照书本知识去解释。当然,在剑桥大学城的马格达伦街(Magdalene Street),确实有座叫"康桥"(Cam Bridge)的桥;但我相信,徐志摩所说的康桥,肯定不是指这座具体的桥梁,而主要是指剑桥大学本身。

剑桥的确有桥。从外表上看,剑桥跟牛津有很多的不同,其不同之处,恐怕是在于剑桥有一条美丽的河"剑河"(River Cam),也就是令徐志摩流连忘返、魂牵梦绕、"甘心做一条水草"于其中的"康河"。当然,因为徐志摩的缘故,中国的读者更愿意称"剑河"为"康河"。

康河(曾叫Cham, Rhee, Grant, Granta),从大学城剑桥的西侧潺潺流过,流过女王、三一、国王、圣克莱尔和圣约翰等学院,像一根绿色的丝带,将这几所学院串联起来。学院给剑桥小城带来了无上尊严，康河给学院注入了不尽的灵性。山不在高，有仙则名；水不在深，有龙则灵。康河并不宏大汹涌，然而因为有了这些学院依河而建，美丽的水又因此多了几许神秘色彩。近水楼台先得月，那些沿河而建的学院，似乎更受游客们的青睐。

康河上的学院往往分为两个部分：河的东岸一般是学院本部，古老的建筑令人肃然起敬；河的西岸是学院的"后庭"（Backs），宽阔的草坪和花园让人精神得以放松。学院本部是人文，学院的后庭是自然；人文因为自然的映衬而更显出其智慧，自然因为人文的关怀而更显厚重。在人文和自然之间，便是康河这条美丽的水。我爱康河，大概也是因为，人文和自然在这里相会，纯真与智慧在这里融合。不同的学院其后庭的景色各显其独特的风采：或以花园华美而自豪，或以草坪茵茵而骄傲。但圣约翰学院的后庭是我的最爱，她宽阔，舒展，像是要给人文留下无比宽广的思想空间。要是没有了这些后庭，相对拥挤的学院本部多少会像逼仄的修道院了。

有河必有桥。康河若是没有桥，似乎就像美丽的躯体没有了灵魂。我说过，康河并不宏大，从学院流过的康河其最宽处大概不会超过 50 米吧。河不大，桥自然不会宏伟；但那些桥虽看上去并不那么起眼，却各有各的特点，各有各的传说。不管什么东西，一旦古老了，故事也就多了。

像是要竞争似的，沿河而建的学院都有自家的桥。自北向南，Magdalene Bridge（马格达伦，1823 年）、St John's College Bridge of Sighs（圣·约翰学院叹息桥，1831 年）、St John's College Old Bridge（圣·约翰学院老桥，1709 年）、Trinity College Bridge（三一学院桥，1764 年）、Garret Hostel Bridge（1960 年）、Clare College Bridge（克莱尔学院桥，1640 年）、King's College Bridge（国王学院桥，1819）、Queens' College Mathematical Bridge（女王学院数学桥，1749）、Silver Street Bridge（银街桥，1958）。依我看，剑桥大学不应该叫 Cambridge，应该用一个复数的名词给它命名才对，应该叫它：Cambridges。剑河上的这些

划船（punting）是康河上每天的风景

"寻梦，撑一支长篙向青草更青处漫溯。"

康河若是没有桥,就像美丽的躯体没有了灵魂。

你站在船上看风景,看风景的人在桥上看你。

桥真可谓各有姿势，各有特点，它们当中没有一座是雷同的：有石桥，有木桥，有廊桥，有拱桥。最有名的恐怕是女王学院的数学桥和圣约翰学院的叹息桥。

桥跟数学有什么关系？桥跟叹息又能有什么牵连？不过，仅从字面上看，它们确乎相映成趣：一"理性"，一"感性"；一"科学"，一"人文"；一"冷静"，一"热情"；"文"、"质"相映，文质彬彬，显示出剑桥的深度和丰富。

最有兴味的莫过于叹息桥（Bridge of sighs）。关于叹息桥的故事很多。传说叹息桥起初也只是一座普通的桥，它将学院的前后庭连接起来。可是，因为有学生从桥上跳到康河里游出去，逃学，于是，学院把桥封闭起来，成了今天的廊桥。还有一个传说更有意思：据说，当初一些学生考试不及格，很绝望，于是就从桥上跳下自尽。此外，世间的一切一旦跟爱情联系在一起，就变得色彩斑斓起来，叹息桥也是如此：据说它被改成廊桥，是因为一些男女青年失恋之后，难以排解，而从桥上投水自尽。当然，不管是因为什么缘故，今天我们是没法从桥上跳下去了，但关于叹息桥扑朔迷离的传说总让我们浮想联翩。

我在徐志摩呆过的国王学院拍照片时，一个教授从旁边走过，说："这儿什么都美。"（Everything is beautiful here.）我说："那是因为它们古老。"（Because they are old.）我们相视一笑。

是的，任何事物，只要古老，只要有了传说，便美了起来。

叹息桥边说叹息

桥梁，是人类文明进步的标志之一。它使人和人之间的交往变得更容易，心和心之间的距离变得更近；它把千里迢迢的距离于顷刻间化为乌有，让汗血马少流血汗；它团结大地、联络村庄，使旷野和旷野不再成为苍天之下的孤立。

然而，桥梁的功劳再大，它不过为一器物罢了。器物实用，实用者便不美——很多美学家都是这么说的。

桥作为一种"工具"，在它成为建筑学的一个重要领域之前，的确没有什么美可言；就算它在建筑学上具有审美的价值，如果没有人类活动的加入，或是没有传说的点染，它还只是没有肉体的躯干，或是没有灵魂的肉体。

是的，有了人间沧桑，有了悲欢离合，有了无数的阴晴圆缺，桥便脱离了器物的范畴，甚至超越了建筑学的意义，而成为一个文化符号，乃至情感和情绪的表证。"驿外断桥边"，五字一出，意境顿生；"今日云骈渡鹊桥，应非脉脉与迢迢"、"一道鹊桥横渺渺，千声玉佩过玲玲"，是欣喜还是无奈？至于"断桥"加"残雪"，更是令人感伤得一塌糊涂。此外，西人又有"魂断蓝桥"、"廊桥遗梦"之情事，又岂只是缠绵悱恻？

于是，我忽然对"桥"情有独钟起来；于是，当别人留心于康河的水的时候，我却格外关注康河上风情各异的桥；于是，在康河边，当人们陶醉于康河富于灵性的流水时，当人们流连于康河两岸的风光和那远处教堂神圣的尖顶时，我却被康河上的一座座形态各异、风格别具的桥所吸引。

我记得，我从剑桥回来之后写的第一篇文章就叫《剑桥有桥》。在那篇文章里我已笼统地记到了康河上的桥。又是很多时日过去了，康河上的桥依然让我浮想联翩，特别是其中的几座，甚至时常出现在我的梦里。剑桥共有31个学院，而那些有康河流过的学院似乎比别的学院多了几分灵动的气息。有河就有桥，康河上的桥从北向南有很多，但最有名的当是位于校区的几座桥。克莱尔学院桥（Clare College Bridge）最古老，建于1640年；Garret Hostel Bridge最年轻，建于1960年；女王学院桥最有意思，因为它有一个奇怪的名字："数学桥"；圣·约翰学院的叹息桥（Bridge of Sighs）则最有诗意，最有兴味，最能勾起人们的种种联想，特别是对于我这样一个感性的人。

叹息桥是圣·约翰学院的骄傲。值得圣·约翰学院骄傲的东西很多：它是剑桥大学占地面积最大的学院（学院人数目前排全校第四）；在所有的学院中，它是第一个把校舍建到康河西岸去的学院；它是剑桥最富有的学院之一，其固定资产约五亿英镑（约75亿人民币），现在每年的财政收入是七百万英镑；它迄今已经培养了九位诺贝尔奖获得者，五位首相。圣·约翰学院有太多的骄傲，但是它还在"叹息"，位于其两个校区之间的桥仍然叫叹息桥。

叹息桥建在圣·约翰学院的三庭（Third Court）和新庭（New Court）之间。圣·约翰学院之前的校舍都是在康河的东岸，但随着学生规模的扩大，东岸太拥挤，于是19世纪30年代开始向西岸发展。叹息桥是西岸的新庭建筑的一个组成部分，因为新庭建成后，得和东岸的庭院形成交通，所以，叹息桥首先是服务于交通目的的。但是，英国人特别是19世纪的英国人，绝不会只满足于建一座沟通康河东西两岸的桥梁；桥梁固然要建，但要符合美学原则。于是，参与西岸新庭设计的"建筑天才"亨利·哈钦森Henry Hutchinson（1800–1831）为设计这座哥特风格的桥梁付出了无数心血。或许是他的作品太杰出了，或许所有的天才总是在他们的作品中倾注太多的心血，哈钦森在1831年，叹息桥竣工的当年，离开了人世；只留下他的杰作，让后人永远为他叹息……

叹息桥啊，叹息桥，一叹哈钦森英年早逝。

很少有人去追问人们从什么时候开始称圣·约翰学院桥为叹息桥。称之为叹息桥，是因为有很多传说。传说19世纪时，很多剑桥的痴情男女因为经受不住感情上的波折，从桥上跳进康河自尽，或是因为考试不及格而想不开，投河自寻短见；于是，叹息桥边上演了很多悲情故事。又传说，叹息桥原本不是现在我们所见到的廊桥，因为总是出现以上的情况后来加建上去的。有了这么多的传说，叹息桥也就变得格外传奇。

我翻阅过很多资料以查找关于圣·约翰学院叹息桥跟自杀之间的关联，虽然有所收获，但很多都具有传说特点，而不敢相信。后来，在 Arthur Quiller-Couch 编的《牛津英国诗歌选：1250-1900》一书中见到英国著名诗人托马斯·胡德（Thomas Hood，1798-1845）写过一首题为《叹息桥》（The Bridge of Sighs）的诗歌，而且该诗恰好是献给一个投河自尽的女子的。这首诗在书中的第654首。诗中这样写道：

又是一位不幸的人儿，
对生命感到厌倦，
多少草率啊，多么莽撞啊，
与生命决绝了！

从这首106行的抒情诗可以看出，胡德的这首诗显然是写给一个在康河上投水自尽的女子的，而且诗中写到"又是一位不幸的人啊"，似乎在告诉人们这种不幸的事情在康河上经常发生。可是，我后来又发现，有人考证，胡德的这首诗是献给雪莱的妻子哈切特·雪莱的，她于1816年投水自尽；不过，她是在

划到叹息桥，你就到了剑桥大学的圣·约翰学院——东岸是旧舍，西岸是新庭。

叹息的人儿一代一代地去了，如今却留得叹息桥一座。

伦敦的海德公园的 Serpentine 湖。于是，我便不敢完全相信圣·约翰学院的叹息桥会跟那些令人感伤的事情联系在一起。然而，就算胡德诗中所写的女子是哈切特，他借叹息桥来写哈切特的不幸，我想，其用意还是很耐人寻味的。

叹息桥啊，叹息桥，二叹故事太多，扑朔迷离。

当然，当我踱步在叹息桥上，徘徊在圣·约翰学院的三庭和新庭之间时，我又想起远在地中海边的威尼斯，想起位于那里的另一座叹息桥。

其实，早在 1600 年，威尼斯就建成了一座叹息桥，只是当时它并没有"叹息桥"这一名称。威尼斯的叹息桥建在总督府和监狱之间的河上，跟我们今天看到的圣·约翰学院的叹息桥一样，为双层封闭桥。这座桥得名"叹息"据说有两个原因：一是当初的囚犯在总督府受审后，接着通过这座桥，被押送到对面的监狱。当犯人们经过这座桥时，他们总会透过桥上的小窗看一眼外面的世界，因为他们不知道日后是否还有重见天日的那一天；于是，犯人们往往都是叹息着走过这座桥；于是，渐渐地，人们便称它为叹息桥了。不过，这里的叹息就没有剑桥的叹息来得那么"浪漫"了。还有一个说法，认为威尼斯的叹息桥主要得名于英国浪漫主义诗人拜伦。拜伦曾旅居威尼斯，他在著名诗篇《恰尔德·哈罗尔德游记》中曾这样写到过威尼斯的这座桥：

>我站在威尼斯的叹息桥上；
>一端是宫殿，一端是牢房；
>我看到，桥身从波浪间升起，
>宛如魔法师挥舞着他的魔杖。
>——拜伦《恰尔德·哈罗尔德游记》

我们现在无法确定的是，究竟是威尼斯的那座桥先"叹息"还是圣·约翰学院的那座桥先"叹息"，虽然拜伦是 19 世纪早期的诗人，他的这首诗完成于

1817年,但不管怎么说,剑桥圣·约翰学院的叹息桥的声名要远远超过威尼斯的叹息桥,它如今仍然是剑桥大学最吸引游客的地方之一;据说,剑桥所有的地方,维多利亚女王最爱去的就是叹息桥。

叹息桥啊,叹息桥,三叹有了文学世间的许多事情开始变得缠绵。

从剑桥圣·约翰学院的叹息桥,到威尼斯 Rio di Palazzo 河上的叹息桥,我们不禁又想到牛津大学也有座叹息桥。在牛津时,我的确见到了那座叹息桥,当时,一个同伴提醒我,那座过街的天桥叫"叹息桥";只是我当时并没有很留意,因为我对叹息桥产生兴趣,是到了剑桥之后。

牛津的叹息桥也叫赫特福德桥(Hertford Bridge),因为它位于牛津大学赫特福德学院,连接着这个学院的两个方庭:新方庭(The New Quadrangle)和旧方庭(The Old Quadrangle)。牛津和剑桥从来就爱比高下,不仅他们自己比,外人也爱将它们两家放在一起比。就叹息桥这一点上,他们至少打了个平手。不过,恕我直言,牛津的这座叹息桥其知名度要远远在剑桥的那座叹息桥之下,虽然牛津的叹息桥也是石结构,也是哥特风格,而且它的窗户比剑桥的那座桥更漂亮,且是由大名鼎鼎的建筑师托马斯·格雷厄姆·杰克逊(Thomas Graham Jackson,1835-1924)设计建造;但是,牛津的叹息桥在1914年才完工,比剑桥的叹息桥(1831)晚了整整83年。这还不是最主要的:牛津的叹息桥只是两个方庭之间的交通连接,它并不是真正意义上的"桥",因为它的下面没有河,因为它的下面不过是一条街——New College Lane。有桥而没有水,就有如有躯干而没有灵魂;有桥没有河,就有如镶着宝石的戒指而没有找到纤纤玉指来佩戴。伫立在牛津街头,望着远处的叹息桥,我轻轻地叹息了一声。

叹息桥啊,叹息桥,四叹牛津跟剑桥比,牛津少了几分灵动。

"零丁洋里叹零丁",叹息桥边说叹息。没想到,桥梁除了具有交通功能之外,其背后还会有那么多的故事;更没想到,桥梁能由器物的层面上升到精神的高度。子曰:"知者动,仁者静。"河流与桥梁,有如智者与仁者。康河的水日夜流淌,唯康河上的桥,康河上的叹息桥,静静地立在那里;从它身上走过的,有智者,有仁者,也有极其普通的人,它自己其实从未叹息过。

只有我们远远地看着它,说:"那就是圣·约翰学院的叹息桥。"然后轻轻地叹息一声,走开……

叹息桥内部——从这端走到那端,你便从康河的东岸到了西岸。

数学桥里的数学

　　自幼害怕数学。可是，剑桥居然真的有座桥名字就叫"数学桥"，够刺激我的！还好，那只不过是一座桥而已，并不是一道数学题。

　　您已经发现，这本书里已经有两篇文章写剑桥的桥了，这一篇还是谈剑桥的桥，可见，我对康河上的桥的确是情有独钟。是的，剑桥固然美，但要是没有了康河，它的美便要失掉一大半；康河固然流淌着灵动之美，但要是河上面没有桥，便好像是舞女的柔腕上少了精美的装饰。康河上的桥最令我心驰神往的有两座，一座是稍北一点的，在马格达伦桥（Magdalene Bridge，1823）南面的叹息桥（Bridge of Sighs，1831），再一座就是康河南端的位于银街桥（Silver Street Bridge，1958）和国王学院桥（King's College Bridge，1819）之间的数学桥。这些百年老桥没有一座被当作文物封存起来，它们一方面发挥着交通功能，另一方面凭着它们的艺术魅力和传奇色彩吸引着世界各地的游客。

　　数学桥（Mathematical Bridge，1749）又叫女王学院桥（Queen's College Bridge），跟叹息桥一样，是康河上的一座老桥。这座其貌不扬的木桥似乎跟它的声名有点不相称，跟它所担当的"重任"显然也不很相称。女王学院创建于15世纪（1448年），由玛格丽特（亨利六世的妻子）和伊丽莎白（爱德华六世的妻子）创建，是一所横跨在康河上的古老学院。然而，两个多世纪以来，学院东区和西区的交通全凭借这座小小的木桥。木桥的西端还算开阔，它的东端则直接跟女王学院东区的古老建筑相连接，而且，下了桥就是一处窄门：显得太不气派了。只要有一个人挡在门里，就能一夫当关万夫莫开，女王学院东西间的交通就被中断了。可是，多少年来，女王学院并没有把这座小木桥拆掉重建，相反，它以这座木桥而骄傲。事实上，大多数外人对这座木桥的了解甚至多于对女王学院历史的了解。

数学桥建成于1749年，设计者是威廉·埃塞里奇（William Etheridge，1709-1776）。据说，他曾是詹姆斯国王的御用工匠。桥的建造者叫小詹姆斯·埃塞克斯（James Essex the Younger，1722-1784）。木桥修成一个多世纪后，1866年进行了一次大修；又过了半个多世纪，1905年再次修整。两次修理基本上都严格维持了原来的设计。所以，今天我们所见到的数学桥也就是两个半世纪以前的那座数学桥，至少它也是一个世纪前的手笔。

为什么要叫它"数学桥"？这么一座小小的木桥为什么能成为剑桥大学城里的一大历史遗迹呢？本来，数学桥并无此名，起初，人们只叫它"木桥"（Wooden Bridge）。叫它数学桥，是因为该桥的设计包含了很精妙的数学原理。数学桥乃一拱桥，横跨在康河上，建桥所用的材料全部为木材，设计者利用了圆的正切（tangent）原理，把木板一块一块地、按照一定的角度叠接起来，并且彼此之间不用榫头或钉子，充分利用木板和木板之间的最佳角度和作用力，使整座桥得以稳固地横跨在河上。可见，数学桥的确包含了很深的数学原理；其实，从桥的构成看，我们也可以叫它"物理桥"（我女儿则认为，应该叫它"几何桥"才对）。

剑桥就是剑桥，这座输出了近90名诺贝尔奖获得者的大学，连一座普通的木桥也要包涵丰富的科学原理。

不过，数学桥这座小小的桥之所以有那么响的声名，恐怕还跟很多传说（legends）有关。

其一，传说数学桥的设计者威廉·埃塞里奇曾经到过中国，其建桥理念受到中国古代造桥技术的影响；这样一来，数学桥便有了一层神秘的东方色彩。

其二，数学桥跟科学家牛顿（Isaac Newton，1642～1727）有关，据说，牛顿不仅把圆的原理运用在这座桥上，同时，他也巧妙地在桥上使用了万有引力定律。不过，虽然大多数人（包括剑桥人）愿意把数学桥跟牛顿联系起来，虽然牛顿曾经是附近的三一学院的学生和教授，但是，事实是，数学桥建于1749年，牛顿死于1727年。当然啦，会不会是威廉·埃塞里奇在设计时受到过牛顿的影响呢？或者说，威廉·埃塞里奇在设计时充分吸收了牛顿的新理论呢？

其三，又有人传说，数学桥是女王学院的一帮学生设计的。由于桥设计得如此精巧，以致木板和木板之间不需要任何连接，教授们很惊讶、很好奇，甚至很嫉妒，于是，他们便悄悄地把木桥拆下来，想看个究竟；可是，当他们想把木桥再组装起来时，却怎么也装不起来了；于是，干脆用螺母和螺钉来连接。这就是为什么今天我们看到的数学桥虽然设计样式跟最初的一样，但连接处用了螺母和螺钉。

其四，还有人传说，由于数学桥的设计太精妙，不需要任何连接，不管它是威廉·埃塞里奇的手笔，还是牛顿的灵感，女王学院的人都非常珍惜它。可是，二战期间，德国人在伦敦和考文垂狂轰滥炸，女王学院的师生担心法西斯的炸弹会毁掉他们的宝物，于是，为了不让数学桥毁于战火，他们把它拆了，藏起来了。战争过去后，人们试图把它组装起来，但怎么装它都散架，最后，干脆用上了铁螺钉。

一般认为，传说都是不真实的，不可信的，不足为据的。从一般意义上看，所有的传说往往都是从一个事实根据出发进行夸大的、离奇的想象；这种想象又往往是向两个方面进行，或是向好的方面想象，或是向坏的方面想象；于是，有了这样的想象，好的会被传得更好，名垂千古，坏的会被传得更坏，遗臭万

剑桥大学的数学桥——"一座有故事的桥"。

年。而且，所有的传说都必须穿过漫长的时间隧道，这时间的隧道越长，传说的成分便会越多。传说多了，久了，便成了神话；传说、神话不足以为信，但它们当中的想象力总是那么丰富，那么美好。古代希腊的神话和传说便是这样。

生活本身是平淡的，所以，人们总喜欢具有一点传说色彩的东西。虽然关于女王学院数学桥的传说未必是真实的，但是，在我们潜意识深处，其实真希望它们是真实的。其实，就算把所有的关于数学桥的传说部分去掉，剩下的一切已经够美的了：

……潺潺的康河水日夜流淌，流过女王学院，流过一座东方情调的小木桥；

……康河上并不缺少桥，但女王学院的数学桥却是仅存的一座木桥，两个世纪以来，没有人愿意拆掉它，两个世纪后，它一定还在；

……一条富于灵性的水把一个古老的学院一分为二，一座古老的木桥又使它合二为一；

……女王从上面走过，学子们从上面走过，我们从上面走过……

…… ……

虽然我自幼害怕数学，但从剑桥回来后，我把数学桥的照片不知看了多少遍，想从中看懂一点数学原理。看着，看着，在我面前的似乎已不是一座桥，而是一道题。

这里曾是徐志摩寻梦的地方

——剑桥语丝

再过两年时间,就是英国剑桥大学的 800 年校庆了;这所建立于 1209 年的大学,在近 8 个世纪的漫长旅程中,见证了人类文化的进化和科学的进步,见证了文艺复兴,见证了资产阶级革命,见证了启蒙运动,也见证了工业革命,而成为近代以来大学的典范。从比较历史的角度说,这所大学建立于元太祖那个时代,历经元朝、明朝、清朝……跟牛津一样,剑桥不跟你比拥有多少教授和博士,不跟你比有多少科研成果,也不跟你比有多高的就业率;对它来说,这些不过是小儿科。它只跟你比:有多少国王在这里读过书,有多少总统和首相从这里毕业,培养出过多少闻名全球的、对人类的文明和人类的精神世界产生过巨大影响的经典作家、思想家,从那里走出去过多少诺贝尔奖获得者。是啊,的确没法比,毕竟人家甚至比莎士比亚还要大 355 岁。总之,跟牛津一样,剑桥几乎成了大学机构的一种难以逾越的神话。

中国人对近代大学的认识始于一百年前,而剑桥则是许多中国人了解近代大学的开端,而且很多人了解剑桥是从徐志摩的《再别康桥》开始的。在中国,中学以上文化水平的人恐怕都知道徐志摩有首《再别康桥》的抒情诗,恐怕都知道"康桥"与"剑桥"的关系；对于很多中国人来说（至少对我来说是这样），剑桥给人的感觉更亲切。为什么？因为徐志摩写过。或许是因为同样的缘故，中国人游剑桥与其他国家的人游剑桥，其感受自然是不一样的。所以，当我漫步于康河边，踽踽剑桥古老的学院之间时，徐志摩的形象似乎总在我眼前显现。

志摩直接写剑桥的文字虽然不多，只有《康桥西野暮色》《我所知道的康桥》和《再别康桥》等几篇（首），但它们对于我们理解这位中国现代伟大的诗人是绝对重要的。跟现代的许多中国作家一样，徐志摩的文学生涯是从国外留学开始的。他1918年赴美留学，曾获哥伦比亚大学的硕士学位，但他的文学梦是英国文化给启迪的，更确切地说，是剑桥使他真正走上了浪漫主义的诗歌之路。徐志摩是1920年到英国的，先入伦敦大学的政治经济学院，但不久便经友人介绍于1921年春入了剑桥大学的国王学院（或王家学院，King's College）；到他于次年8月17日离开剑桥，他在那里一共待了约一年半光景。

一年半对于人的一生而言，实在是短暂，但对于诗人徐志摩来说，却是其人生中的最重要的转折点。在这一半年当中，他并没有正正经经地去读什么书，最终好像也没有拿什么学位；一半年当中，他只是个随意选课听的"特别生"；他也的确是够"特别"的："带一卷书，走十里路，选一块清净地，看天，听鸟，读书，倦了时，和身在草绵绵处寻梦去。"剑桥给徐志摩的不是知识，似乎也不是思想；剑桥最大的"功劳"是唤醒了徐志摩灵魂深处的诗性，唤醒了他作为一个诗人的性灵；而这"功劳"中的"功劳"并不是剑桥的学术、古怪的教授，真正唤醒他的，我以为，是剑桥的自然；因为剑桥的自然让他明白："人是自然的产儿，就好比枝头的花与鸟是自然的产儿，但我们不幸是文明人，入世深似一天，离自然远似一天。"

在徐志摩看来，剑桥的自然最动人之处是在"康河"（英文名是River Cam，现在多译为"剑河"）。在他看来："康桥的灵性全在一条河上"，康河是

在康河的柔波里，谁都想做一根水草。

"苍白的石壁上"爬满的藤萝，是否还记得志摩曾在这里流连？

"这岸边的草坪又是我的爱宠,在清朝,在傍晚,我常去这天然的织锦上坐地,有时读书,有时看水;有时仰卧着看天空的行云,有时反仆着搂抱大地的温软。"这是徐志摩在剑桥大学国王学院读书时的记录。

"全世界最秀丽的一条水"。我不知道别的中国人到了剑桥后是什么感受,作为诗人的我来到康河边,才觉得,尽管徐志摩是个爱夸张的人,但他对康河的诗意般的描述,是绝对真实的。我震惊于康河的秀美、灵动,久久地伫立于河边,像我崇敬的这位诗人一样"发痴"。我明白了,为什么"在康河的柔波里,甘愿做一条水草";我明白了,为什么"那榆荫下的一潭,不是清泉,是天上虹";我也明白了,为什么那"波光里的艳影",会在他的"心头荡漾"。如今,康河上仍然有那么多人在划船(punting),但我再也不见那位诗人的身影。

与其说徐志摩是到剑桥来念书的,不如说他是来剑桥做梦的;他在半梦半醒之间,度过了诗意的一年半;边做梦,边写诗,做梦之余读点书。你看:"在初夏阳光渐暖时去买一支小船,划去桥边荫下躺着念你的书或是做你的梦,槐花香在水面上飘浮……"有时,他则是躺在康河的岸上:"这岸边的草坪又是我爱宠,在清朝,在傍晚,我常去这天然的织锦上坐地,有时读书,有时看水;有时仰卧着看天空的行云,有时反仆着搂抱大地的温软。"我知道,他这是在写康河对岸的后庭花园。

到剑桥去找徐志摩确是找不到了,但他热爱过的一切,还有他曾"做梦"的地方、"搂抱大地"的地方还在。他第一次到剑桥时,剑桥是713岁;我到剑桥时,剑桥正796岁高龄。虽然这当中83个春秋足以让一个人老得面目全非,但这一点时光,还不足以改变剑桥的容颜。一样的古老,一样的自然。徐志摩就读过的国王学院还在,他所崇拜的三一学院还在,他所流连过的"榆荫下的一潭"还在,那"苍白的石壁上"爬满的藤萝还在,甚至他喝过茶的那家小店铺还在那里。善于保存历史的英国人,让每一个试图循着徐志摩的梦痕追溯往昔的人都能满载而归。

一首抒写大学的诗能拥有上亿读者的,唯有徐志摩的《再别康桥》。这,难道不也是一个"神话"(legend)?

轻轻的,他又来了……

——徐志摩诗碑在剑桥安放

1928年初秋,当徐志摩恋恋不舍地离开剑桥,离开剑桥的国王学院时,他恐怕没有想到,他还会回来;他更不会想到,在三年之后,1931年11月19日那天,他所搭乘的"济南号"邮机,会撞上白马山,让他永远地"飞"去;他怎么也不会想到,在他写下"轻轻地我走了,正如我轻轻地来"之后80年,他的诗歌会刻在洁白的大理石上,并从他的故国运到那片给了他灵感,给了他新生的土地上,被安放在唤醒他性灵的康河边。是的,他绝对不会想到,他自己的诗歌,他那颗爱美的心,会在国王学院的后庭,在那绿树丛中,在那鲜花掩映的康河边,听康河的水,潺潺流过,每日每夜。

公元2008年7月2日,是个平凡的日子,多雨的英格兰雨停了,阳光穿过云层,夹着零星的雨滴,国王学院的后庭显得格外苍翠。然而,这一天又是那样的不平凡,因为剑桥无数的历史遗迹中又要增加一个新的成员:徐志摩诗碑的安放仪式正是在这一天举行。

运输车的轰隆声打破了学院的寂静。车上装着一个巨大的包裹,包裹里是一块两吨重的大理石,大理石上刻着一个诗人的诗句,而这诗句让许多年轻的心认识了诗歌，也认识了剑桥。

轻轻地他走了，正如他轻轻地来。

国王学院的院友们（fellows）簇拥在运输车的前后；他们虽然有过太多的杰出校友，他们的校友当中不乏彪炳千古的大诗人，大学者，甚至国王和总统；但是，他们当中任何一个都没有像这位校友那样，能让一首诗在数亿读者中代代传诵。

轻轻地他走了，正如他轻轻地来。

大理石诗碑刻着徐志摩《再别康桥》的前两句和后两句。虽然叫诗碑，但其本身是不规则的，镌刻诗句的正面虽然是平面的，但这平面的下方被切出另一个平面，这样，大理石碑的正面便形成了两个参差错落的平面：上半个平面上刻着："轻轻的我走了 / 正如我轻轻地来"；下半个平面刻着："我挥一挥衣袖 / 不带走一片云彩"；落款是"徐志摩《再别康桥》诗句"。

剑桥国王学院的网站新闻于 7 月 8 日登出了标题为《刻着中国最著名诗句的诗碑在剑桥安放》的新闻。新闻说："一块刻着中国最著名诗歌的大理石诗碑被安放在国王学院的后庭。《再别康桥》是 20 世纪中国最著名的诗人徐志摩的诗歌，它在中国人的心中占据着富于激情的地位。"

……一块洁白的大理石，就这样在国王学院的后庭安家了，它静静地，没有声息，正像当初那个东方的青年静静地、轻轻地来。在青翠的绿树丛中，它又是那样显目，显目得足以令每一个行人驻足；即使不懂汉语，即使不懂诗歌，任何一个爱美的人，都会知道，那上面镌刻着的是诗歌。

余光中写过一首叫《当我死时》的乡愁诗，他写道："当我死时，葬我，在长江与黄河之间，枕我的头颅，白发盖着黑土。在中国，最美最母亲的国度，我便坦然睡去，睡整张大陆，听两侧，安魂曲起自长江，黄河两管永生的音乐，滔滔，朝东。这是最纵容最宽阔的床，让一颗心满足地睡去。"如今，徐志摩也得到了一张"最宽容的床"，他真的可以坦然睡去了，而他魂牵梦绕的康河便

雪后的剑桥大学国王学院

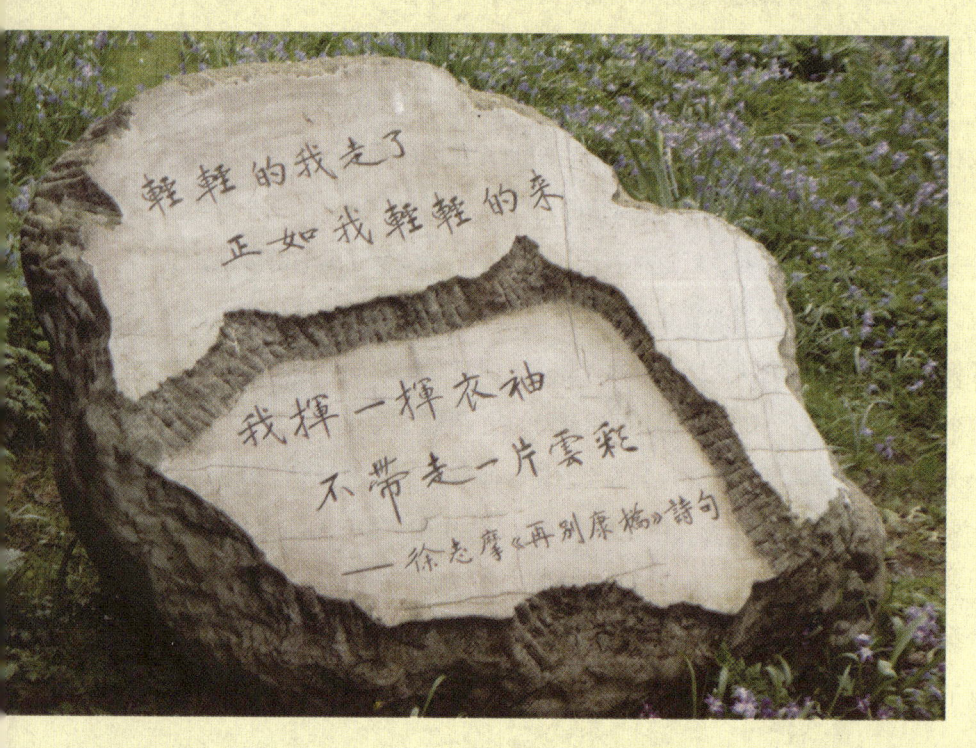

康河西岸的徐志摩诗碑

"轻轻地我走了，正如我轻轻地来……我挥一挥衣袖，不带走一片云彩。"写这首诗的人儿已去，空留得这云彩，让我们发反反复复地吟诵："不带走一片云彩。"

成为他"永生的音乐";于是,那"榆荫下的一潭",也就成了他永远的"天上虹"。彭斯在他的《我的爱人像一朵红红的玫瑰》中也写过:Till a' the seas gang dry, my dear, / and the rocks melt wi' the sun! / And I will luve thee still, my dear, / While the sands o' life shall run."(纵使大海干涸水流尽,/太阳将岩石烧作灰尘,/亲爱的,我永远爱你,/只要我一息尚存)。我相信,只要这块诗碑不会被"太阳烧作灰烬",剑桥便会永远铭记这位杰出的校友,我们也将永远记住这位伟大的诗人。

如果说,徐志摩的家乡硖石给徐志摩带来了肉体的生命,剑桥则给他带来了艺术的生命和精神的生命。他在《吸烟与文化》中曾这样写过:"我在康桥的日子可真是享福,深怕这辈子再也得不到那样甜蜜的机会了。我不敢说康桥给了我多少学问或是教会了我什么。我不敢说受了康桥的洗礼,一个人就会变气息,脱凡胎。我敢说的只是——就我个人说,我的眼睛是康桥教我睁的,我的求知欲是康桥给我拨动的,我的意识是康桥给我胚胎的。"而现在,我们可以告慰志摩,他可以在康河边永远地"享福",他可以和他梦想的甜蜜永远在一起了。是的,在那"青草更青处",我们难道不还依稀看到他那飘逸的身影吗?只是,那"榆荫下的一潭",却永远成了"彩虹似的梦"。

轻轻的他走了,正如他轻轻的来。

……1928年11月6日,一个来自的东方的青年在航行到中国海上的时候,遥望着远方那片凝重的土地,回望着那方梦的温床,轻轻地写道:"轻轻地我走了,正如我轻轻地来……我挥一挥衣袖,不带走一片云彩。"八十年后的今天,他终于又回来了,"轻轻地……轻轻地……";只是,这回,他不用再挥舞他的衣袖,因为,这回他不走了,因为,这里有他精神的家园,在剑桥,在国王学院,在国王学院的后庭……

……轻轻地他走了,正如他轻轻地来;轻轻地,轻轻地,康河的风在吹,康河的水在流……

附：2008 年 7 月 8 日剑桥国王学院网站新闻

New stone installed with China's best-known poem
《刻着中国最著名诗句的诗碑在剑桥安放》

A white marble stone has been installed at the back of King's bearing a verse from the China's best-known poem. 'Saying Goodbye to Cambridge Again' is by arguably the greatest poet of 20th century China, Xu Zhimo, and has an emotional place in many Chinese people's hearts.

Xu Zhimo wrote the poem on the King's College Backs, and it is thought that the golden willow of the poem is the tree that stands beside the bridge at King's, near to where the stone has been installed. This poem is one which most educated Chinese know and many feel deeply moved by. It provides a bridge between China and Cambridge, and King's in particular. Many Chinese students think of this poem when leaving Cambridge.

Xu Zhimo died in 1931 at the young age of 36 in an air crash. He studied Politics and Economics 1921-2 and was associated with King's through Goldsworthy Lowes Dickinson. It was in Cambridge that, under the influence of poets such as Keats and Shelley, he began to write poetry.

A friend of Cambridge in China arranged for the stone to be inscribed with the first two and last two lines of the poem and brought to Cambridge. It is made of white Beijing marble (the same stone used to construct the Forbidden City in Beijing) as a symbol of the continuing links between King's and China.

小城书香

——英国小镇 Hay-on-Wye

　　山不在高,有仙则名;水不在深,有龙则灵;城不在大,有特点便吸引游客。英国固然有像伦敦、伯明翰那样的国际大都市,有像爱丁堡、格拉斯哥那样的文化名城,但在其境内,从南到北却也密布着许许多多的独具特点的中小城镇;它们或以历史悠久而著称,或以是某位名人的故乡而蜚声,或以风景秀丽而令人神往。比如,威尔士的一个小镇,镇上有座全英国最小的房子(1.8米宽,2.2米高,上下两层),这竟然成为该小镇一个重要的"看点"。在英国,巴掌大的一个小地方都会有座博物馆,让你觉得该去处有文化,有历史。

　　5月30日(星期一)是 Bank day,是英国的公休日。朋友 Mike 和 Sheila 夫妇开车带我去位于英格兰和威尔士边境上的小城 Hay-on-Wye,说是去看书市。开始我没有在意,只是想出去放松一下,没想到,小城还真让我眼界大开。

　　Hay-on-Wye 这个地名颇具英国特色。英国的许多地名往往跟河流联系在一起。比如,莎士比亚的故乡叫 Stratford-upon-Avon(艾汶河上的斯特拉福镇),因为该镇建在艾汶河(Avon)上,故名;另外,伯明翰附近的 Hemton-upon-Ardon(阿顿河上的汉普顿),也是按照这种方式命名的。Hay-on-Wye 这个地名中的 Wye 是一条河的名字，我没见过 Hay-on-Wye 的中文译名，我给它一个美丽的中文翻译：瓦伊河上的哈艺镇。

Hay-on-Wye 小镇之小，小得像我们中国的一个大村庄，但就这么个小镇，其书香却飘向全英的各个角落；1300 多人口，却有 40 多家书店，平均每 30 人左右就有一家书店；按家庭算，平均五、六户住家就有一家书店：堪称世界之最了。恐怕正是因为小镇的书香浓郁，总部在伦敦的《卫报》每年五月都要在这里举行文化节，邀请许多学者、艺术家、畅销书的作者来这里，或签名售书，或开设讲座；文化节时间，更是游客云集，来自全英乃至全欧的读书人，循着书香不远千里，来到这里，享受文化的大餐。这个千把人的小地方一下子成了国际文化交流的一个中心。

我们的车不知拐了多少弯才算到了 Hay-on-Wye。到了那里，发现镇外的停车场早已泊了上千辆车（这么大的停车场，小镇的周围有好几处）。走进小镇，沿街是古老的建筑，满街是来自各地的好书人。迎面走来的，10 个人当中难得有 1 个本地人。我们首先去看《卫报》举办的文化节。文化节的地点是在镇外的许多大帐篷里。除了书市，还有许多名人的讲座。参加文化节的游人很多，熙熙攘攘的；他们或买书，或听讲座，或躺在阳光下的草地上放松自己。空气中洋溢着的，是淡淡的书香，和浓郁的文化气息。

从文化节现场出来，我去逛镇上的书店。书店简直是一家挨着一家，每家书店自然有自己的特色：有儿童书店，有音乐书店，有诗歌书店；还有著名出版社常设的书店；有的书店或以经营新书为主，有的书店则以旧书或版本齐全而吸引顾客。几乎每家书店都有自己的网站，几十平米大的小书店，其经营也是全球性的。书店里很静，楼上楼下全是书；过道的两侧也摆满了书：抬头是书，低头是书，一不小心碰到的还是书。随便翻开一本书，你可能会看到 19 世纪的某个名人的签名。店主人在靠近门口的柜台后面坐着；顾客自由地楼上楼下地找书，主人并不担心你会把图书弄坏，更不担心你会把书悄悄塞进包里带

Hay-on-Wye 书市一角

Mike 和 Sheila 在路途上

前两天还是草地的地方，今天却办起了书市。

原来长草的地方，现在"长"起了书。

走，尽管有些书因为是一两百年前的版本而极其昂贵。读书人的尊严在这里得到真正的体现。我忽然想起我们在国内书店里买书的情景。如果你在书架前看得久了，那个（卖龙虾模样的）中年妇女会用令你很不愉快的眼神盯着你；你会感觉到，你不是在接受服务，而是在被监视。

到小 Hay-on-Wye 除了看书还得看瓦伊河（Wye）。Mike 到小镇来过几次都没有发现她，然而我这个热爱自然的中国诗人却是慧眼别具。我想，既然该镇是以这条河命名的，这条河一定美。于是，我一个人经过一番探索，终于找到了瓦伊河。那的确是一条十分秀美的河。沿着河岸我走了很远，拍了许多照片，心中暗喜：今天我既买了书，又看了风景——双重的收获。瓦伊河并不很深，最浅处依稀可见河床上的鹅卵石。因为是假日，河上划船的人很多。

在这个世外桃源的小镇上，一半人在经营书店，另一半人在参加体育运动。好一个商品经济语境中的世外桃源！

第三辑 牛津的雨

喝咖啡去

在西方大学的校园里，咖啡是粘合剂，把本来较为疏远的人际关系，稍稍拉近一点；同时，在西方大学的校园里，咖啡也是学术的润滑剂，一杯接一杯的咖啡，让学术的齿轮运行良好。

我本来就喜爱喝咖啡，所以到了英国，便无需去适应它了。

早上在家喝杯咖啡，往往是不可缺少的，简单的午饭之后是喝咖啡的高峰期，下午三、四点钟更是喝咖啡的最好时间。这个时候，做学生的，一天的功课该听的，差不多都听了；当教授的，也已经工作了几个钟头。这时，人们常说的一句话便是："喝咖啡去！"的确，这个时候来杯咖啡，说是放松也好，说是提提精神也罢，听到"喝咖啡去"这一号召，几乎没有人会反对。更何况，在校园里几乎没有午饭这个程序。一般情况下，大学里的一切活动是从上午10点开始，所以，大家都很少去吃午饭。中午饿了，吃点巧克力什么的，就凑合过去了。像我们这些习惯于吃午饭的中国人，有时会在背包里放个饭盒。所以，下午去喝杯咖啡，吃点点心，可算是解决早饭和晚饭之间"青黄不接"问题的好办法。

我和我的英国同事的第一次交流便是在咖啡室里。我跟她边喝着咖啡，边谈我的研究计划。一切是那么轻松，一切是那么愉快。喝一口咖啡，看几眼窗外的花园，轻轻松松地谈谈各自的学术感想，有夕阳照着，有微风吹着，如坐春风似的学术便已得到了交流；倘若是坐在办公室里谈，多少有点像"汇报工作"的样子。

听完讲座了，喝咖啡去；认识新朋友了，喝咖啡去；有人祝贺你获奖了，喝咖啡去……不过，咖啡虽然是人际交往和学术交往的好媒介，但有时也会出现一些麻烦。比如说，刚从咖啡厅出来，就遇见一个好朋友；他会对你说："喝咖啡去。"于是，你只好跟着去。有一个下午，我一连去喝了三回咖啡，有点招架不住了。前面说过，咖啡是"粘合剂"，是"润滑剂"；可是，润滑油上多了，学术的齿轮恐怕会打滑的。

打滑归打滑，咖啡还是少不得的。有一段时间，校方要把人文大楼底楼的咖啡室关掉，改作它用。这下，楼上楼下的教授、博士们可火了：这么方便的咖啡室怎么能关掉呢？于是，积极分子们便要联名上书校方。我作为"外援"，也被怂恿在请愿书上签名。校方答复的意见是：此咖啡室是老师、学生们交流的重要场所，不宜关闭。于是，咖啡继续在楼下发挥着它的作用，继续润滑着学术的齿轮。

以咖啡作为交际的媒介其好处之一是，它很廉价。在英国，一杯咖啡约一英镑左右；也就是说，相当于一瓶矿泉水的价格；也就是说款待一位朋友，你只需花三、四块钱。从咖啡文化这一点看，我真的感受到了什么叫君子之交淡如水。更多的情形是，大伙儿吆喝着一起去喝咖啡，实际上是各埋各的单。当别人请你去喝咖啡，并不意味着他（她）会替你埋单，除非对方很明确地说明，否则你会很尴尬。如果你肯花一两英镑请一个英国人喝咖啡，他会很高兴、很感激、很过意不去的。怎么能让您老破费呢？

在国内，常有朋友请我到茶社或咖啡厅去，美其名曰"休闲"。可是，看到那里的咖啡，我总是提不起精神。虽然同样是那些洋名称，什么"摩卡"，什么"卡布奇诺"，但我总觉得少了些什么，或者说，多了些什么：多了些与咖啡无

在 Susan Bassnett 教授的花园里喝咖啡

在校园边的湖畔喝下午茶

关的东西。这种不舒服感，主要是因为我们太把咖啡当成一种有品位、上档次的东西。开咖啡屋，一定要把咖啡屋弄得奇奇怪怪的，以显示"另类"品位；来喝咖啡的，要透出一种自命不凡的派头。不就是一种饮品吗？为什么一定要将它跟"高雅"如此这般地联系在一起，并且还要用天价来显示"高雅"或与众不同呢？

说真的，坐在这种咖啡屋里喝一杯几十甚至上百块钱的咖啡，我总会走神，总会禁不住去想：用这么多钱，英国人可以喝上一个月的咖啡。

学术的古堡

——牛津印象

"古堡",字面上讲,是古老的"城堡";"城堡"字面上讲,是"堡垒式的小城"。我以为,用"古堡"来形容牛津这所历经沧桑的、已经900多岁的大学,是十分恰当的。这所创办于1096年的大学,比剑桥还要年长113岁,比哈佛年长467岁,是整个英语世界最古老的大学。自中世纪有大学传统以来,它也是全世界最古老的大学的之一。

说牛津像一座古堡首先是从建筑学的意义上讲的。整个牛津城虽然也逃避不了现代化的波及,城的周边地区出现了不少现代建筑;但总体上讲,中世纪或文艺复兴时期的建筑依然是整个大学城的主色调。所以,走在牛津城就好像是走进了一个古代的城堡。我的一个到过牛津的朋友不无调侃地说:"一不小心,我走进古代。"鳞次栉比的哥特式建筑,大大小小的教堂,幽深古雅的庭院,似乎让你一下子离开了21世纪。你怎么也想不通,这些古朽得快掉牙的地方,竟能够"制造"出引领世界潮流的最先进的理论,竟能孕育出世界上最顶尖的科学家和思想家。那些狭窄的楼梯更是令人浮想联翩,让你觉得,它们不是通向楼上的某个房子,而是直接通向八百年前、一千年前,通向中世纪,通向一种古老的传统。

牛津是一座建筑的古堡，更是一座学术的古堡。近千年间积淀下来的传统，传统所铸就的学术风范，风范所养成的特立独行，让任何一个后来者都难以逾越或模仿。世界上的一流大学可以跟它比校园的大小、比招生人数的多少，比科研发表的数量，但千年间形成的治学风气和学术规范，千年间所"酿造"出来的牛津氛围，你是难以学到的。世界上把牛津（包括剑桥）当榜样的大学很多，但我觉得这是可笑的，因为它们连以牛津为榜样的资格都没有。牛津（连同剑桥）几乎成了一种标志，一个符号，一则神话。世界各地每年都有数不清的人到牛津"参观"、"学习"。不客气地说，"参观"可以，拍照也行，但绝大多数人是没有资格去"学习"牛津的。它太高深了，它的传统太悠久了，它的学术精神太难领会了。老年人的思想，年轻人总是吃不透的；老牛津的神髓，又岂是"后生"们所能"看了"？

如今的大学，尤其是中国的大学，正经历着一个中外教育史上前所未有的"大跃进"，扩展校园，招兵买马，提升自己的竞争力；而这一切都要以"钱"作为保障，什么专业来钱多就办什么专业。牛津人可不是这样。钱固然重要，但对牛津人来说，钱不是首要的。前些年世界各地的MBA十分火爆，一些牛津人也想在这一点上不逊于别的学校，提议办MBA；虽然最终是办成了，但这过程据说是艰辛的，因为很多教授竭力反对，原因很简单，因为MBA这东西没有多大学问，没有什么学术价值，不属于真正的学术。的确，在很多情况下；学术是不实用的，学术是不挣钱的；商人们永远也读不懂经院哲学家们的心思。

站在牛津城的最高处俯瞰脚下这片学术的沃土，不免心潮起伏。整个牛津市不过是个不到12万人的小城。牛津大学的学生并不多，不足两万人（就生数而言，中国有太多的大学可以和牛津叫板），但城里几乎所有的人都跟这所大学有关。走在牛津的街头，你所遇见的每10个人当中，其中1个会是牛津大学的教师，3个会是牛津大学的学生，2个会是牛津城的市民，4个会是前来"参观

古老幽深的庭院，让你觉得仿佛置身于中世纪。

似乎只有走过这僻静的小路，才能抵达学术的殿堂。

很多最现在的东西却是从学术的"古堡"里出来的。

考察"的外地人。很多人下了火车会问，牛津大学在哪里。应该说，下了火车就是牛津大学；在牛津城，牛津大学是无处不在的，就是市民开的一间小咖啡吧，也可算是牛津大学的一个细胞。

站在牛津城的高处看牛津，只见它被低矮的丘陵环抱着。近1000年来的建筑向远处延伸，但它并不肯向更远处扩张，因为牛津人不希望在所有的土地上都盖上房子，而窒息了自然。在那些古老的房子里，以前点的是蜡烛和油灯，如今当然都用上了电能。虽然用上了现代化的设施，但古老的一切风尚仍然要保存；虽然《哈利波特》曾在牛津大学拍摄，但牛津人并不去追时尚。800年的建筑并没有被当作文物给封存起来，如今还是学生的课室、卧室。学位授予的仪式，还要做得像500年前、800年前一样一丝不苟。这就是牛津，一些学院的木头大门都古老得快掉下来的牛津。酒，可以是新的，但那瓶子永远是旧的；学术可以是前沿的，但精神永远是古老的。

"牛津"的英文是Oxford。在英文中，ox是"牛"的意思；ford是"涉水而过"的意思；合起来看，Oxford就是"牛过河的地方"。原来，泰晤士河与查韦尔河在此交汇，故有此名。如今，想去牛津读书人的自然很多。能不能去，就得看你"牛"不"牛"；不"牛"哪能过那"河"呢？

在牛津大学听讲座

——一次学术的风雪之旅

2月22日,沃里克大学翻译与比较文化研究中心的 Red Chan 博士约我一起去牛津大学的沃尔夫森学院(Wolfson College)听讲座,我欣然同意:一是很想接触一下牛津学术,二是想去牛津大学城看看。任何一个中国学者,凡是到了英国的,都会想到牛津和剑桥去沐一沐这两座学术圣殿的"灵光"。

同去的还有一个从香港来的硕士生。从沃里克大学到牛津实际上要跨越三个郡,我们从大学所在的西米德兰兹郡,到沃里克郡(沃里克大学其实并不在沃里克郡),再从沃里克郡的皇家莱明顿温泉(Lemington Spa)坐火车进入牛津郡。于是,我们从学校坐汽车出发,到莱明顿,并从那里买了票去牛津。约5点钟时到牛津火车站,再打的约10分钟到沃尔夫森学院。

牛津实际上就是一座城,所谓牛津大学,就是它有许多学院散布在这座城。我们约于5点半到沃尔夫森学院;由于离讲座开始还有一段时间,Red 带我们到学院的"后院"去溜达。哇!学院的后面是一处很大的池塘,池塘跟远处的乡村相连,放眼望去,没有任何建筑,学院跟远处的自然融为一体。要是夏天或春天在这里读书散步,那该多好。当时正是黄昏时分,这一天正好是中国的农历十四，一轮明月正挂在池塘上空；于是，我思乡的琴弦在这瞬间被触动。我幽默地问 Red：是英国月亮，还是中国月亮呀？

讲座 6 点钟开始，由本学院的 Robert Young 教授主讲。主讲的题目是"Walter Benjamin at the Border"（《作为边缘人的本杰明》）。讲座由沃尔夫森学院的院长主持。院长大人打着黑领带，穿着一件宽松飘逸的长衫，很有学院气派；这一袭打扮，近千年来，在牛津几乎都没有改变过。在简短介绍后，讲座开始。今天的内容其实带有更多的历史学和文化研究的成分，主要讲移民问题对世界造成的影响。听众都是对该话题有兴趣而自愿来听的，很多甚至是像我们这样从远处赶来的。

牛津的讲座绝对是一种学院作风，非常"一本正经"；讲座人虽然也采用了 PPT 课件，但基本上是照着写好的稿子一念到底，不讲什么生动性；这种如此"照本宣科"，没有插叙，没有议论的讲座，只有对纯学术有兴趣的人才能听下去。我忽然想起，徐志摩刚从英国回来那阵子，曾经在北大用英文开过一次讲座"Art and Life"（《艺术与人生》）；他当时也是用英国式讲座的形式，照着稿子念，让许多中国学生很不习惯。现在，我终于明白了什么是英国式的讲座，徐志摩当时又是多么的欧化。

沃尔夫森学院的这次讲座自身时间并不长，前后一个多小时，最后留下约半小时时间给大家提问。提问非常踊跃，诘难十分尖锐，辩论异常激烈。公开形式的辩论结束后，接下来便是主讲人与听众个别交流。所以，整个晚上的学术活动，实际上有两小时三十分钟左右。

晚上的讲座使我加深了对英国大学讲座的认识。牛津的学术讲座在英国大学中是颇具代表性的。这种讲座最大的特点就是纯学术性。它并不作大张旗鼓的宣传，把一切非学术的成分祛除得干干净净。它不讲究所谓的生动，所谓的趣味；它不追求所谓的上座率，它只吸引真正对学术感兴趣的人。像今晚这次讲座，整个讲堂可以坐 300 人，但实际上来的听众只有 100 多人。他们都是根

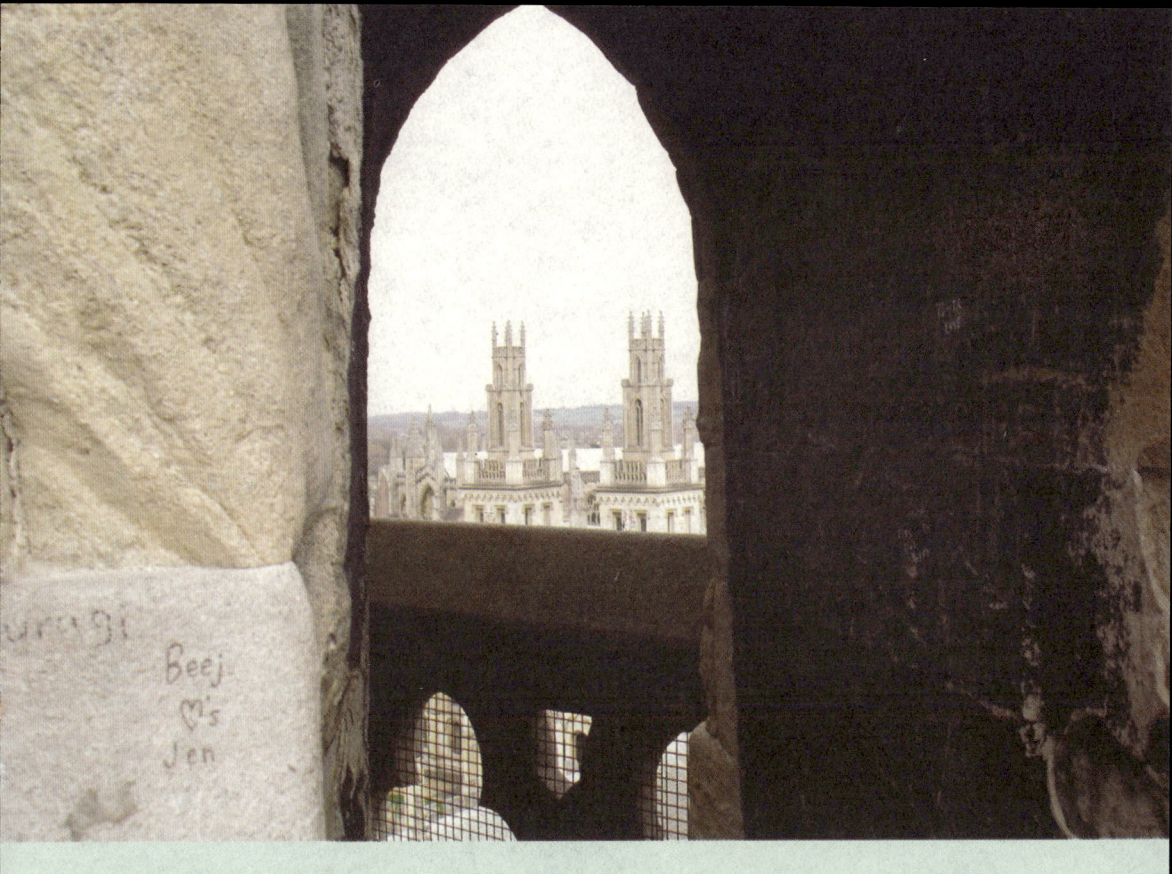

远眺牛津大学马格达伦学院

俯瞰牛津大学万灵学院

初春的牛津大学校园

据学院网站上提前几个月所发布的学术信息，或是从牛津本城的各学院来的，或是从伦敦、伯明翰长途跋涉赶来的，或是从其他郡乘汽车、火车赶来的，比如我们几个，在路上走三、四个钟头，为的就是听一个半小时的讲座。而在我们国内的一些大学里，请个什么人来做讲座，要把学生"组织"好了去听，要不然，场面上会"不好看"；被"组织"去学生，却有的看书，有的议论，有的打瞌睡。

从沃尔夫森的讲座堂出来，已快九点钟。傍晚时分的一轮明月早已不见了踪影，取而代之的是漫天飞雪。这就是英国冬天的天气。我们打电话从出租公司要了辆出租车，匆忙地去赶回程的火车。我们进牛津城时，它沉浸在暮霭当中；我们走时，它却是被一层洁白笼盖着。离开牛津，火车行驶在风雪中；途径莱明顿，我们到一家印度餐馆喝了杯啤酒，吃了几道糊状的印度菜（那玩意儿实在不敢恭维），再乘出租车往回赶。从沃里克大学送我回考文垂郊外住处的出租车司机居然在雪中迷了路，我跟他大吵了一顿，弄得我很不悦；等我踏着积雪开了家门时，已是午夜光景。这大半天的学术之旅，在我的门前结束了。

牛津虽是远了，但那学术的氛围，似乎还洋溢在我周围。

有滋有味的学术

到国外留学或做访问研究，除了要关注人家的大学教些什么，还要关注他们是怎么教的。

刚到英国，还没有安顿好自己的住处，我便忙里偷空地参加了我申请的那个研究中心的一次 Seminar。Seminar 这种讨论学术的形式，我们一般是从字面上认识过；它实际上就是一种小型的学术研讨，设置一定的主题或话题（Topic），形式比较自由。在读博士期间，在美国做过研究的导师也曾给我们组织过类似的学术活动；但那毕竟是中国人模仿外国人的一种举动，还不够原汁原味。所以，看到这里的课程安排上周末有一次博士 Seminar，我自然一定要参加。

Seminar 中午 12 点 30 分开始，主持这次活动的是国际上声名赫赫的翻译研究学者苏珊·巴斯内特教授。进了教室，只见讲台上放满了各种食物和饮料，像是要开聚餐会似的。

"上课"时间到了，苏珊·巴斯内特教授走进教室。她先大夸当天的食物丰盛，然后首先开始动手，大家便跟着拿着托盘，往盘子里装食物。原来，这些食物都是各人自己带来的。有的是从超市买的，有的是自己亲手做的或家属做的；除了食物，还有红酒、可乐、咖啡、牛奶等饮料。老师边吃边说，大家边听边吃。就这样，吃着说着，吃着听着，活动不知不觉地进入正题。虽然老师还在吃，学生吃的速度则渐渐放慢并不知不觉地放下手中的托盘，不知不觉地拿出纸笔开始记笔记。老师每讲一点，都会问大家有没有什么问题；老师的话也会经常被学生的提问打断。同时，也有同一个研究中心的其他老师参加，跟学生坐在一起，并同样提出疑问和发表感想。总之，气氛非常和谐、轻松。在这种场合，老师和学生的身份界限变得十分模糊：大家都是参与者，都是讨论者。

当学术的讨论达到一定的深度时，为了避免太紧张，讨论便暂停一下，大家再集中吃些东西，好像是怕学术太枯燥而要用食物的美味来滋养它一下似的。

前面说过，每次 Seminar 一般都有个设定的议题。这次讨论的主要是学术论文尤其是博士论文的脚注（Footnote）、文献（Bibliography）、引文（Citation）这些十分"简单"的问题。这些问题，国内的博导们已经不屑跟博士生们讨论了，而是要他们如何如何创新、开拓。然而，在强调"不教学生思考什么，而要教学生如何思考"的西方大学，却把这些 ABC 当成一件十分重要的事集中讨论，的确发人深省。西方学者很强调学科训练。"学科"这个词的英文是 Discipline，而 Discipline 又有"纪律"、"训练"等意思；换言之，如果你要成为某个学科某个领域的学者或专门人才，则必须经过严格的、系统的"科班"训练。我以前也没有注意到脚注、文献和引文有什么东西好探讨，但经过苏珊·巴斯内特教授的讲授和学生们的提问，我才觉得这样的讨论实在有必要。

说着吃着，不觉两个小时过去了。我注意到，吃得最多的是老师本人；当然，人家说得最多也有理由吃得最多。讨论完了，东西也吃得差不多了；没有吃完的，大家再分一分。在这种活动中，老师是不用带东西来的（当然也有例外的时候）；这倒有点像中国古代的私塾中的情形。老师不但可以不用带食品，她连走时还要挑些她最爱吃的带走。她在带走一样食物时，连装食物的盘子也一并端走了；只见一个学生跟在老师后面连忙大喊："嘿，苏珊，那可是我的家

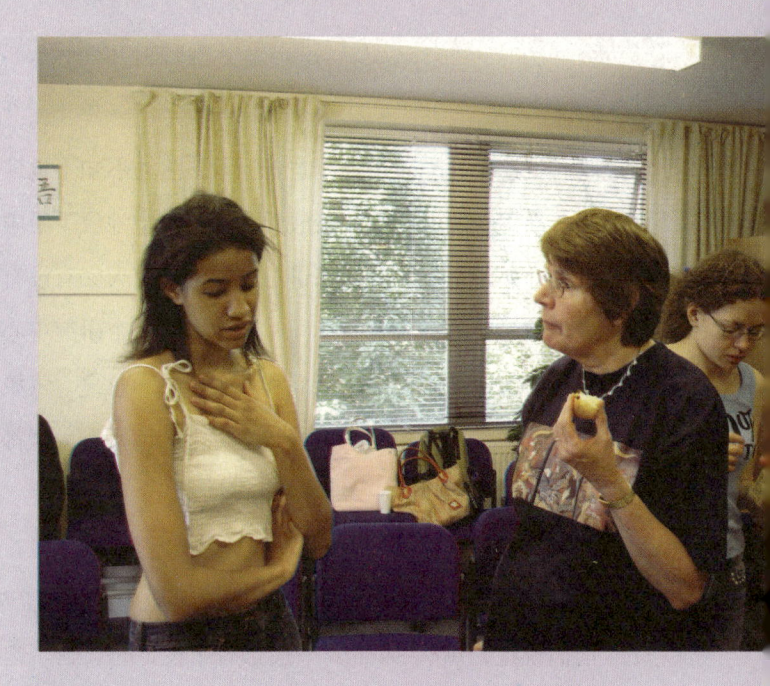

课可以一边吃一边上

学术可以有滋也有味

课可以上到湖边去

也可以在教授的花园里边吃边谈

当（Houseware）呀！"苏珊·巴斯内特教授回头笑笑，把食物倒走，把盘子还给了那学生。

渐渐地，我喜爱上了这种学术讨论的形式，甚至每周都盼望着这一天的到来。日子到了，我会一早起床，做点有中国特色的食物。常做的是豌豆火腿炒饭，还有茶叶蛋。英国人非常纳闷：为什么鸡蛋能做得那么好吃？他们希望我能把制作的步骤写下来。

虽然我已经完成了在英国的工作，但那种讨论学术的氛围，却始终令我难忘。原来，学术是可以不板着面孔的。

原来，学术是可以有滋有味的。

华兹华斯的湖区

到英国来不游湖区，就像到了中国没有去游长城，没有去爬黄山；像我这个读西方文学的，到了英国不去华兹华斯的故乡湖区去看看，就像研究孔子的到了曲阜不去参孔庙。

四月的英格兰正是万物复苏的时节，更主要的是，这是水仙盛开的季节。我不知道这是不是游湖区的最好的季节，但至少可以肯定的是，当水仙盛开时，湖区更名副其实，因为华兹华斯的一生除了跟湖区紧紧联系一起，还像一团团、一簇簇的水仙一样，灿烂在文学史的长堤上；正像湖区的碧水永远荡漾在华兹华斯的诗歌中那样，湖区的水仙也在他的诗歌中散发出永恒的芬芳。

自从定好去湖区的计划后，我的心似乎就裂成了两半：一半用来想象湖区可能的美丽，一半用在查阅有关湖区的资料上。那些天，我几乎每天都要泡在沃里克大学的图书馆里，阅读的主题只有一个——湖区。在图书馆呆了几天后，觉得没有匆忙去看湖区是对的，如果匆匆忙忙地去了，最多也只表明"到此一游"而已。事实上，湖区不仅仅是有山有水，它所包含的人文内蕴，是很难被一个匆忙的旅行者感受到的。图书馆里关于湖区的资料实在太多，有旅行手册类的，有摄影类的，有文学类的，也有考证类的；但是，不管哪一类，它们似乎都是从不同的小径通向一个最高的山峰：华兹华斯。于是，我得出这样一个大胆的结论：如果说是 19 世纪初的欧洲浪漫主义运动造就了华兹华斯这样一位伟大的诗人，不如说是湖区成就了作为浪漫主义者的华兹华斯；如果说是湖区造就了华兹华斯，不如说是华兹华斯使湖区成了文学的湖区、文化的湖区，而不只是一个风景秀丽的旅游景点。

对于整个英格兰来讲，位于坎布里亚郡（Cumbria）的湖区太过偏僻了，在英格兰的最西北角。从新石器时代起，虽然湖区就有人类居住，但是，直到 18 世纪的中期，人们才逐渐"发现"了湖区；他们惊讶，原来在古老的帝国居然还有这么美的"世外桃源"。于是，人们纷纷去湖区探险、远足；于是，介绍湖区的书籍和画册开始出现，大都市伦敦、学术中心牛津和剑桥开始关注湖区。最初到湖区去的旅行者当中，比较多的是画家；他们认为，湖区简直是风景画家的天堂。我们所熟悉的英国浪漫主义风景画家特纳（J. M. William Turner, 1775-1851），正是湖区给了他精神最重要的滋养。再后来去的文人越来越多。这当中，18 世纪英国的著名诗人、感伤主义文学的代表作家、《墓园哀歌》的作者托马斯·格雷（Thomas Gray, 1716-1771），是最著名的。虽然华兹华斯到 1810 年才出版了他的《湖区指南》(Guide to the Lakes)，但是，有谁能比华兹华斯更了解湖区呢？他生在那里，他死在那里，他写作在那里；湖区是他的 dear native regions（魂牵梦绕的衣胞地）。

在纷繁的文献中先游历了一番湖区后，我满怀着憧憬和想象从英格兰的中部踏上了北去的车，经过伯明翰，擦过利物浦，越过曼彻斯特，湖区近了，近了……虽然旅途劳顿，但我总不肯错过四月里的一切，牧场、羊群、远山。我的右侧是连绵的奔宁山脉，我的左侧是宁静的大西洋，而我的前方有我心驰神往的地方。

虽然看过那么多的文献，但是，我还是犯了一个最常见的错误，以为车会把我带到一个叫"湖区"的地点。当司机告诉我，我们已经进入湖区了，我连忙找湖，结果没有找到。原来，"湖区"是一个很广的概念，它的全称是"湖区国家公园"（Lake District National Park）。它东西宽有 53 公里，南北长竟 64 公里；在这个"广袤"的公园里住着五万多居民；在这个公园里有遥远的山峰，有宽广的牧场。于是，我终于从英国文学史里知道的湖区走进了现实的湖区。

湖区自然有湖。虽然我首先接触到的是湖区的牧场、怪石阵，等等，但在走过了一道道山梁之后，我终于开始零距离接触湖区的湖。既然叫湖区，那么就不只一个湖。是的，湖区"上规模"的湖有 14 处。但非常有趣的是，这 14 处湖的名称中，只有一个湖的名字里有"湖"（lake）字，其余的都是以后缀 -mere（意即"小湖"）或 -water（意即"水"）构成名字，比如，最大的湖叫 Windermere，第二大湖叫 Ullswater，第三大湖叫 Derwentwater，第十一大湖叫 Buttermere；唯一叫 lake 的是第四大湖 Bassenthwaite Lake。

湖区有湖也有山。有水又有山，就有如文武双全，波光粼粼的秀丽之间又凸现出刚强与坚毅；有水又有山，山重水复，恰似佳人与才子相牵，把自然的造化舞动。在湖区，你可以游"山"，可以玩"水"，在山和水之间总有属于你自己的心情。湖区的山虽然不高（最高峰 Scafell Pike 才 978 米），但由于冰川季的打磨，每座山别具风格：险峻但不令人绝望，荒凉与青翠错落成趣。于是，湖区便成为英国最理想的远足、探险的去处。

近百年来，英国人一直把湖区看作英国最美的地方。的确世界上很少有地区能将山和水结合得这么美妙。于是，我开始像华兹华斯那样，纵情于山水之间。的确，在水边看水，是一种水；在山上看水，那是另一种水。看倒映着金黄水仙的水，是一种心情；看倒映着蓝色风信子的水，则是另一种心情。心随水动，水在自然的怀抱，动或者不动，都是自然。

西湖有西湖的妩媚，泰山有泰山的峻峭。但是，与西湖相比，湖区有山；与泰山相比，湖区有水。是的，这就是湖区，山间有水，水间有山，山水相连，山水相依，山重水复。有了山，水不至于漫溢而失去了节制；有了水，山不至于过于滞重而没有了灵性。"知者"尽可以"乐水"，"仁者"尽可以"乐山"；

湖区的水仙花总是让诗人华兹华斯流连忘返

湖区的牧场依然是19世纪的景象

湖区的湖水滋养了19世纪的英国浪漫主义

清晨的雾给湖水罩上了一层轻纱

山连湖，湖连山；翻过一座山，见到的还是湖。

山水则自乐，圆融无碍，相得益彰。以一个中国文人的眼光看，这大概是湖区的妙处了。

置身于湖区宏大且细腻的美，无论我走到哪里，我的心中无时无刻不想着的只有一个人：华兹华斯（William Wordsworth, 1770-1850）。我知道，我所到过的地方，他一定到过，而他到过的地方，我今生也无法穷尽；我知道，那些深深打动我的一处处水湾，一簇簇羊齿植物（ferns），都曾是他的灵感之源；我也知道，当我写下这些关于湖区的文字的时候，相对他对湖区的感受，我的文字显得多么浅薄。华兹华斯活了八十岁，而他这80年的前20年和后50年的绝大部分时光是在湖区度过的；其余10年，时而在剑桥，时而在法国，时而在湖区，或英国的其他地方。所以，在英国作家当中，是很少有人能像华兹华斯这样深刻理解湖区的。因为，湖区既是他的世间的家，又是他精神的家；而这世间的家又是华兹华斯建立其精神家园的基础。在18、19世纪的"步行时代"，远足于方圆几百里的湖区是华兹华斯日常生活的组成部分。据说，在他成为湖畔派诗人（lake poet）之后，每年都有数以百计的文人从欧洲各地到湖区来，每次有朋友来，他都亲自担当向导。

但是，华兹华斯的贡献并不在于他发现了湖区表象上的美，湖区属于华兹华斯，是因为他把湖区的天然之美上升到了哲学的高度，并用诗性的形式表现出来。湖区让华兹华斯发现了自然，而自然又使华兹华斯成为一个具有深刻哲学的诗人。在他看来，自然本身就是一个生命体，就像我们人类自身一样；我们与自然交往时，实际上就是生命与生命的对话，自然不再是一种外物，给我们以感官愉悦的外物。所以，在华兹华斯的作品中，"自然"经常是大写的Nature。能从这种高度认识湖区的，我以为只有华兹华斯一个人；至少，是华兹华斯第一个从湖区的身上发现了自然的真谛。所以，我要大胆地说，湖区虽然属于英国，但湖区更属于华兹华斯。

一切热爱自然的诗人无不向往简朴的生活。华兹华斯在湖区先后有几个住处，但给我留下最深刻印象的当是 Grasmere 湖附近的家"鸽舍"（Dove Cottage）——华兹华斯 1799 年到 1808 年的家。在那里，他度过了"简朴生活和深刻思考"（plain living and high thinking）的 8 年；正是在那里，他写下了一生最重要的诗篇，包括他与科尔律治（Samuel Taylor Coleridge，1772-1834）合写的《抒情歌谣集》（Lyrical Ballads）。"鸽舍"附近的所有民房仍然保留着 19 世纪乃至更早时期的样子。正像湖区的大多数民房一样，石头是最主要的建筑材料，石头的墙壁，石头的围墙，厚重而简朴。华兹华斯的诗歌其实也是一样："我的心顿时雀跃起来，当我看到天上的彩虹。"今天"我遇见一个住小屋子的小女孩，她今年刚好八岁"。从这些"简单"的诗句我们看到，华兹华斯在湖区确是像一个土著一样生活，但又是像一个哲人那样思考。像土著一样生活不难，像哲人一样思考也不难，难的是将这两者亲密无间地结合在一起，难的是把自然当成一个生命体并与之进行生命意义上的交流。

这是华兹华斯坐过的椅子，这是华兹华斯用过的壁炉，这是华兹华斯住过的屋子，这是华兹华斯流连过的"水仙之岸"，这是华兹华斯散步时走过的小径，这是华兹华斯生于斯死于斯的湖区。华兹华斯是湖区的，湖区是华兹华斯的。

离开湖区后，你可能会把很多东西都忘掉。但是，你要记住一个人，他的名字叫华兹华斯；但是，你要记住一种花，她的名字叫水仙。

她骑着马赤身裸体地穿过了市区

在考文垂边上的 Earlsdon 住下来之后,我经常步行去市中心的零售市场(retail market)买东西。每次去市中心都要从一处女体雕塑前走过。雕塑上的女子赤身裸体,骑在一匹马上,表情平静、安详而高贵。起初,我以为那不过是西方城市街头常见的那种装饰性雕塑;到后来才知道,这可不是一尊平常的雕塑,因为它跟一个神奇的传说、一段浪漫的故事联系在一起,才知道这雕塑不仅闻名考文垂,还闻名全英国、全欧洲。渐渐地,我了解到越来越多关于这尊雕塑的来历以及雕塑中那个高贵女子的神奇故事。她的名字叫戈黛娃,雕塑的全称叫"戈黛娃夫人像"(Statue of Lady Godiva)。

戈黛娃是谁?她为什么要骑着马赤身裸体地穿过考文垂的市区?

这要追溯到近千年以前。

公元 11 世纪的时候,考文垂还很小。然而,一对夫妻的到来,改变了考文垂的历史,并且至今还使这个城市受惠于他们的"功德"。这对夫妻就是梅西亚的伯爵里奥弗里克(Leofric,earl of Mercia)和他的妻子戈黛娃夫人。

里奥弗里克伯爵是英格兰历史上名望极高的盎格鲁-撒克逊贵族,他在南白金汉郡、切尔西郡、牛津郡、沃里克郡都有大量的田产,非常富有。他在 11 世纪初、中期的时候携夫人来到考文垂。作为一个新来的暴发户(nouveau riche），里奥弗里克伯爵希望为本地做点好事，以笼络人心，特别是要赢得上流社会的好感。作为一名虔诚的基督徒，他不惜重金为考文垂修建了修道院；该修道院成为当时市区最高大的建筑，并成为城市的集会中心，城市也以这个修道院为中心向四周扩展。就这样，里奥弗里克伯爵赢得了民众的心，在考文垂站稳了脚跟，并在政治事务中发挥着他的作用，当然，作为贵族他也因此富上加富。

他的妻子戈黛娃夫人也是一名虔诚的基督徒，跟丈夫一样也喜欢体育，特别擅长骑马。戈黛娃素以脾气坏、爱跟丈夫作对而著名。她嫌丈夫太俗气，只知道积累财富；她反对丈夫对佃农们的苛捐杂税。总之，戈黛娃表现出比丈夫更为高雅的盎格鲁－撒克逊贵族气质，毕竟她出生于名门。她在骑马巡游时结交了很多文人和艺术家，这使得她获得一种崇高的启迪。戈黛娃觉得，农民们不仅应该能衣食无忧，而且还应该有丰富的精神享受；她对古希腊的艺术非常崇拜，相信艺术可以改进人性。然而，要做到这一点有两个困难，一是民众太贫穷，税收太重，哪里有心情去欣赏艺术？一是民众根本不懂艺术，用什么办法能去启蒙他们呢？不过，戈黛娃认为，首先应该做的是，要减轻民众的负担，减免各种税收。

的确，在"粗野"、贫穷的中世纪要推行艺术启蒙是件很艰难的事情。当戈黛娃把自己的想法告诉丈夫时，他哈哈大笑。他觉得这太荒唐了：减轻税收是荒谬的，提高民众的艺术趣味更是荒唐的！

于是，里奥弗里克伯爵跟戈黛娃打了个赌。里奥弗里克说，在古代希腊，就是在粗野一点的罗马人那里，裸体是纯洁自然的最高表现形式，是展现上帝杰作的一种方式，是唤醒人类审美趣味的有效手段。如果戈黛娃相信美具有启蒙人性的作用，她就敢于裸露自己的身体，在中午时分骑着马从考文垂熙熙攘攘的集市经过；如果戈黛娃敢于这么做，他不但接受妻子的信念，同时答应为民众减税。里奥弗里克不相信戈黛娃真的会这么做，不相信妻子敢于在光天化日之下向"粗野"的市民展现自己"上帝的杰作"(裸体)。

然而,令里奥弗里克伯爵想不到的是,戈黛娃向他发出了挑战,表示愿意裸体骑行,但同时要里奥弗里克保证,她骑行之后,他要把来到考文垂之后所新增的税项全部免除。为了更好地使这次骑行起到美学意义的启蒙效果,戈黛娃事先把自己的肖像散发到七邻八乡,以示宣传。于是,整个考文垂及周边地区全知道了这个消息,远近一片议论,一片哗然。

裸体骑行日终于确定。

中午时分,赤身裸体的戈黛娃骑着马出现在考文垂的集市上。与她同骑的还有两位女士,但她们都穿着衣裳,在戈黛娃的后面跟着。戈黛娃的坐骑款款地走过鹅卵石的街面,蹄声清脆而显得安静;她身体笔直地坐在马上,表情安详、轻松、自信,毫无羞涩感;她的头发扎成了两束,自然地垂在肩上;她浑身一丝不挂,甚至连任何首饰也没有佩带;她的嘴角流露出只有在古典油画中才见到的那种微笑。就这样,她骑着马,自信地向前、向前,她要把美的种子撒进贫瘠的心田,她要用自己的美去肥沃中世纪贫瘠的土壤;就这样,她用自己柔美的线条向粗糙的传统发起了挑战。

平日喧闹的集市这一天显得格外安静,没有粗野的笑声,没有交头接耳,没有窃窃私语,只有发自内心的赞赏,只有对崇高美的升华。这些"粗野"的人们除了在教堂里看到过亚当、夏娃和耶稣的受难像,从未这样欣赏过人体美,而现在走在他们面前的、一丝不挂的,不再是伯爵夫人,不再是他们主人的妻子,而是他们心中的又一位女神。

是的,戈黛娃赤裸着自己的身体,骑着马穿过了考文垂,由一个女人变成了一位女神!

要知道,在以神性为中心而不是以人性为中心的中世纪,戈黛娃的举动需要多么大的勇气。保守的神职人员认为,不管在什么场合,观瞻人的身体都是邪恶的,都会下地狱受永恒之火惩罚,而观看女人的身体更是罪上加罪。在11

考文垂大教堂毁于"二战"期间的"考文垂大轰炸";废墟上,雕塑中的人物至今还在相拥而泣。

考文垂市中心的戈黛娃夫人雕像

戈黛娃夫人当年的骑行图

废墟的一角是一个无家可归的人。

世纪之后，戈黛娃的传说得到了不断的丰富。比如，在 17 世纪，戈黛娃的传说中多了一个叫"窥视汤姆"（peeping Tom）的角色。传说，当戈黛娃骑着马穿过集市时，所有的人都是以欣赏艺术的目光去欣赏看戈黛娃，但只有一个叫汤姆的从一个不应该看的角度去看戈黛娃；后来这个人遭了雷击，成了瞎子。还有一说，当戈黛娃一丝不挂地骑行穿过城市时，所有的市民对她非常敬重，都呆在家里，把窗户关上，但只有一个叫汤姆的男人打开窗子偷看，结果遭了天罚。

传说总是美丽的，但历史学家认为，戈黛娃夫人（她大约出生在公元 980 年）的故事（传说）当中虽然一定有不少是流传过程中人们添加的，但是，里奥弗里克伯爵和戈黛娃夫人在盎格鲁－撒克逊的记载中是真实的。Godiva 是撒克逊人名 Godgifu 或 Godgyfu 的拉丁拼法；在撒克逊的语言中，Godgifu 或 Godgyfu 的意思是"上帝的礼物"（God's gift）。

是的，戈黛娃夫人其人跟她的名字本身一样，的确是上帝的一件礼物，是上帝献给考文垂人的一件厚礼，也是上帝献给所有艺术家的厚礼（因为戈黛娃后来被看成艺术的保护神了）。一个城市能跟这样一个神奇的传说，这样一位了不起的人物联系在一起，还有什么比这更能令人羡慕的呢？是的，至今考文垂依然以她为骄傲，把她的雕塑立在市区最中心的地方（也就是她当初骑行经过的地方

第四辑 伦敦的雾

流连在大英博物馆的沉思

到伦敦去,大英博物馆(British Museum)是必看的;如果有时间,最好去看两次,或是在那里至少呆上一整天。毫不夸张地说,看一个大英博物馆,等于看了世界上许多座博物馆,等于在一日之间,游历了许多国家,等于在短暂的时间内,领略了几千年的人类文明史。

大英博物馆,确是大英帝国的骄傲。

古代希腊罗马的雕像、古代埃及的木乃伊、古代中国的瓷器(漆器、铜鼎);还有壁画、佛像、图腾;总之,其他民族凡是古老的、堪称国宝的,你在这里大抵都可以见到。大英帝国自然为它的收藏而自豪。你是埃及人,却要到英国来看木乃伊;你是中国人,却要到英国来看圆明园里的珍宝。然而,这些国宝绝不是自己长着脚跑到英国的。我相信,每一个缓步走在大英博物馆中国文物区的来自中国的游客,无不想起圆明园,无不想起那场冲天的大火。

大英博物馆,实是大英帝国的耻辱。

世界上绝大多数高规格的博物馆,都有一个规矩,那就是严禁拍照。可是,在大英博物馆拍照却没有受到限制。刚进馆时,我还只是悄悄地拍几张闻名世界的文物,而且不敢用闪光灯。后来,发现其他游客大张旗鼓地拍,我也就放开了手脚,拍了许多数码照片;而且,我也发现,几乎所有的游客都在拍照。

于是，我明白，该博物馆大概是没有设那条禁令。对此，我开始很纳闷，并跟我同行的斯里兰卡裔英国朋友谈起这件事。我的见解是：这里的东西虽然样样都好，但它们基本上都不是英国人自己的东西。不仅如此，它们还是这个国家的子民用不光彩的方式从别的民族的土地上"拿"来的；换言之，国外来的游客，其实是在看自己民族的宝贝。在这种场合，外国游客，尤其是来自亚洲、非洲和拉美的游客，心中无疑会升起一种民族情绪，而禁止拍照只会使这种情绪激荡得更厉害：我们是在拍我们老祖宗的东西，你为什么阻止？

大英博物馆，既是大英帝国的骄傲，也是它的耻辱。

在过去和现在之间，我思故我在。

传来的脚步声让你感到时间的存在　　　　　　没有裂缝的历史不叫历史

海德公园不仅仅是一座公园

一座伟大的城市必须有一个自己的象征，而伦敦的象征实在太多：塔桥、泰晤士河、大本钟、伦敦眼……不管提起它们当中的哪一样，你都会把它跟伦敦紧密地联系在一起。不过，谁也不会否认，海德公园无疑是众多象征中的一个。

我在伦敦逗留的时间虽然不长，但海德公园无疑是我最心驰神往的地方之一。在人们的心目中，海德公园不过是英国众多的公共绿地之一，但在数百年间，它曾一直是英国皇家狩猎的场所，是私家"园林"。约在 900 年前，它是西敏寺（Westminster Abbey）僧侣们的田产，是一片长着一些树木的草地。人们可以看到鹿群悠闲地游荡，甚至常有野猪出没。1536 年的时候，追求享乐的英王亨利八世从僧侣们手中把这片土地夺了下来，把其中的一部分卖掉，将其余的部分精心打造成自己的狩猎乐园。他把这片土地上的 Westbourne Stream 截断，修成饮鹿池；他不定期地组织规模浩大的皇家狩猎活动；每有国外使节来，他总爱带着他们来这里围猎。至于平民百姓，他们只能远远地看着王公贵族们纵情享乐。

在以后的近一个世纪中，海德公园变化不大。1625 年，查尔斯一世登基。他在园中开辟了马车道，并在 1637 年对市民开放海德公园。这之后，海德公园历经数代王朝，各朝各代都为这块风水宝地带来了不同风格的美。特别是卡洛琳女王，她是个酷爱园艺的女性。1728年，她对公园作了很大的改造。今天我们在园中所看到的九曲湖（Serpentine）就是卡洛琳女王的杰作。九曲湖其实本来并不是一个湖，它不过是流经海德公园的威斯伯恩河的一部分。卡洛琳女王令人将威斯伯恩河的截流部分加以改造，所以，今天我们所看到的九曲湖实际上是个人工湖。九曲湖很美，湖的名字也起得妙，颇有追求神似的特点。Serpentine是英文的形容词，意即蜿蜒的、弯弯曲曲的、蛇形的；这个形容词的词根是Serpent(蛇）。还值得一提的是Serpentine的中文译名。中文将之译成"九曲湖"可谓形神兼备；它令我们想起武夷山的"九曲溪"。看来，游海德公园不仅可以赏美景，还可以感受语言的妙处。是的，语言总是活生生的，在我们身边的，在文化的肌理中的。

的确，一座有几百年历史的公园，它所积淀的不仅仅是历朝历代对美的经营，同时，它也是数百年间风云沧桑在有限方圆中的浓缩。从这个意义上说，海德公园是公园，但又不仅仅是一座公园。当你漫步其间，既可以怡情悦性，又可以体味历史与人文的厚重，既可以使自己的感官得到放松，又可以让自己的心智得到升华。不过，要做到这两点，你必须既要张开你的肉眼，又要睁开你心灵的眼睛。"作者用一致之思，读者各以其情而自得。"（《姜斋诗话》）海德公园的历代经营者往往从个人的审美情趣出发，不断丰富它的内涵，而我们作为游览者，往往因自身的喜好、修养、学识而各有所获。从这个意义上讲，海德公园就像是一个伟大的开放文本，欢迎我们从不同的角度对它进行阐释。

具有高等教育背景的人喜欢到公园东北角的"演说者之角"（speakers' corner）。1872年以来，不同身份、不同民族的演说者，在这里自由地发表自己的见解。近一个半世纪以来，演说者之角几乎成了民主的代名词。我和同伴Harnif去的那天，正好碰上两个演说者，一个在宣讲马克思主义，一个在替萨达姆辩护。

像英国的许多其他公园一样，海德公园是一座具有纪念意义的公园。漫步

这种形态各异的纪念碑在海德公园里随处可见

海德公园里的九曲湖（Serpentine）；据说，雪莱夫人曾在这里投水自尽。

走在市中心的海德公园，竟有走在乡间的感觉。

只要用心，市中心也可以有"大自然"。

于园中，你会在不经意之间与一处纪念碑相遇：挪威战争纪念碑（Norwegian War Memorial）、新西兰纪念碑（New Zealand Memorial）、澳大利亚战争纪念碑（Australian War Memorial）、大屠杀纪念碑（Holocaust Memorial）、戴妃纪念碑（Diana Memorial）、七·七伦敦地铁恐怖爆炸纪念碑（7th July London Bombing Memorial）……让你在领略自然风光时，去认识历史、时代、伟大的事件、难忘的瞬间、人类的不幸，让你在感受和平与安宁的同时，不要忘记我们所面临的各种危机，特别是各种异质文化之间的冲突。同样是纪念碑，有的显得过于直接而缺乏独创性和艺术性，而海德公园里的纪念碑应该说是各具特色，异彩纷呈。比如，挪威战争纪念碑是用三块不规则的小石头支撑着巨石；澳大利亚战争纪念碑从远处看，则像是堆满预制板的工地。大屠杀纪念碑不仅设计奇特，上面所书文字更令人动容："我为他们哭泣。我泪如泉涌，是因为我的人民被杀戮。"（For these I weep. Streams of tears flow from my eyes because of the destruction of my people.）

最能打动我的是纪念 2005 年 7 月 7 日伦敦地铁恐怖爆炸事件的七·七纪念碑。在一般人的心目中，所谓纪念碑，往往就是"一座"碑，而七·七纪念碑则是"一处"纪念碑。它由 52 根高 3.5 米的不锈钢柱子组成，分别代表 52 名在伦敦地铁爆炸中的受难者，每根柱子上刻着受难者的名字和遇难地点；52 根柱子又被分为 4 组，分别代表当天在 4 个地点所发生的恐怖爆炸。我之所以被它打动，除了它的独特构思，也是因为我差点儿成为这 52 人当中的一个，甚至会成为第 53 个，因为那天我与大爆炸擦肩而过。

这就是海德公园，它是那么丰富，那么多元，那么特别，所以，它是一座公园，又不仅仅是一座公园。领略它，除了要用你的眼睛，还要用你的心。当然啦，即使我们抛开历史、美学、人文的一切不谈，海德公园的自然也足以让你觉得你不是身处国际大都市伦敦。尽管工业化、现代化不断实现着农村包围城市的神话，但也许是由于海德公园最初就很原生态的缘故，它至今仍然是伦敦市中心的巨大的绿色肺叶。

走在伦敦的海德公园行人小径，我总有一种走在乡间的错觉。

英语密林中的汉语写作

作为中国人，用汉语写作，这是天经地义的，正如水往低处流，人往高处走。作为中国人，在自己的地盘上往往意识不到自己是在使用汉语，正如我们时刻在呼吸却并没注意到空气的存在那样，我们生活在语言中常常忽略语言的存在。

然而到了国外，语言这东西一下子变得那么触目惊心；你会强烈地意识到语言的存在：英语或汉语。在国内的时候，我们很少会在一天结束时做这样的回想：今天我说了多少话，用的是什么语言。可是，在国外，每到晚上我经常回想，这一天我有没有说汉语，或者有时会感叹：一个星期没有说汉语了。有时，遇到中国朋友，大家会感叹一声：今天终于说上一回汉语了。总之，在国外，你会强烈地感觉到自己是生活在语言当中。

如果你感受到了，尤其是强烈地感受到了语言的存在，就说明什么地方出了问题。一个人明显地感觉到自己的呼吸，说明他的呼吸系统有问题；一个人明显地感受到自己的心跳，说明他的心脏有毛病。同样，我们劳动，但并不会注意到双臂的存在；我们观察，但并不会注意到眼睛的存在；我们交谈，但并不会注意到是在使用语言。可是，在国外，尤其是初到国外的时候，你总觉得有切肤之痛地生活在语言中；这种意识会令你不安，让你觉得自己是个局外人。

这种感受，犹太裔美国作家 Eva Hoffman 在她的著作 Lost in Translation 中曾经描述过。她在描述自己刚从波兰移民到加拿大的最初感受时说："我的声音变得很滑稽。它好像不像以前那样是从我身上的同一个器官发出来的。它好像是从我的肚子里发出来的。"人有了这样的感觉，离精神错乱恐怕不远了。但这是事实。

在英国生活了一段时间后，我开始尝试用英文写作，甚至还用英文写了不少诗歌；在被灵感操纵的时候，甚至意识不到自己是在用英文写作。而且，有一段时间很奇怪，有的灵感是直接暗示我去用英文表达，有的灵感将我引向中文写作。我甚至发现自己多少像个语言天才似的，忘我地在两种语言之间切换。

大概是在英国生活了 3 个月的时候，我甚至放弃了每天用中文写日记的习惯，而改用英文写日记。在日记中，除了记述当日发生的琐事，还对语言、文化现象，以及当日生活中有意义的事情发表议论，甚至一些日记差不多写成了文化随笔。给懂英文的朋友发电子邮件也"懒得"用中文，并且在用英文写邮件时，往往都写得很长。所以，一天下来，我用英文写的文字大概都在两三千字左右。加之自己还要用英文准备学术讲座，阅读英文资料，所以，我一天当中的大部分时间，似乎是"纵情"于英文之中。

前面提到 Eva Hoffman 的书 Lost in Translation。这本书似乎还没有翻译成中文。但是，这个题目怎样译，还是个问题。如果直接翻译成《在翻译中迷失》，或《迷失于翻译中》，似乎都不全面；因为，这里的 Translation 除了"翻译"，还有"移植"、"迁移"等含义，就是说，作者的"迷失"也包括从一种文化到另一种文化的困惑，不仅仅是语言这一端。另外，有一部获奥斯卡提名的电影《迷失东京》，其英文标题也是 Lost in Translation。我觉得这部电影的中文标题译得非常好。"迷失"就是不知去向了，找不到路径，找不到自我；感到茫然，感到困惑；这种"茫然"和"困惑"不仅仅是语言造成的。Eva 的"迷失"大体上应属于这种，是一种语言和文化上的双重困惑。

我们四个共用一个厨房：你用英语烤肉，我用汉语烧鱼，相安无事。

周末的时候，客厅里便是"多国部队"结合的地方。

在纵情于英文之中时，一种"迷失"感总是挥之不去。我的英文写得怎么样？我写到了什么程度？一次，我在考文垂市中心的酒吧里，参加一次诗歌朗诵活动。我朗诵了自己的英文诗，博得满堂喝彩。但我并没有因此沾沾自喜，相反，我因此越发困惑，因为我不知道我的诗居然写得这么"好"。当一个人对事物和自身不能确知时，他便是在客体和主体之间迷失了。

于是，我深刻地意识到，尽管自己在英文交流和写作方面取得了不错的进步，但我始终觉得它是身外之物，我总觉得我用英文写出来的东西可疑；同时，我对许多同胞用英文写的一切也开始怀疑。"我思故我在"，强调的是精神对人的重要性；而语言可以说是精神的表征，人同时只能最真实地在一种语言里"栖居"，而这种语言如阳光和空气，如你的呼吸与左膀右臂，你时常不会感受到它的存在，就是在梦中你也与它同在，它在你的意识之流中流淌，你讲梦话会使用它，你在紧急的时候向上帝呼喊时使用它。它，就是母语。换言之，你说梦话所使用的语言，一般是你掌握得最好的语言。我家里人说我有时用英文说梦话，但那是偶尔为之，一定是我白天英文读多了。

而其他所有的语言，不管你掌握它到了什么程度，它都在你的身外，是身外之物；身外之物，可做点缀之用；身外是物，难寄托身家性命。

对于我们中国人来说，汉语是筷子，英语是刀叉；汉语是咸菜稀饭，英语是黄油奶酪。后半辈子都在国外生活的人，好像没有几个把使用筷子的技巧给生疏掉的；在国外定居了许多年的人，还不断地请国内的朋友捎去榨菜和中国辣酱。

于是，我始终没有放弃用汉语写作。用汉语写作，不管写得怎么样，都有一种鱼游在水里的感觉；不管游得如何，都是自然。相反，用英文写作，总觉得自己是一条岸上的鱼，不管你怎么跳，都不是你最拿手的。

"文章千古事，得失寸心知。"说这话的人，显然是一个用母语写作的中国人。

到处都是莎士比亚

一个文人在其当代，常常是微不足道的，但一个民族却又因为一两个文人而闻名于世；这样的文人，会成为一个民族的代名词。一提起这个民族，人们便想起该文人；一提起这位文人，人们便想起该民族。于是，孔子与中华民族之间、莎士比亚与英格兰之间，便形成了一种难以割舍的、相辅相成的关系。

在去英国之前选择大学时，我曾经非常踌躇，伦敦大学、利兹大学、曼彻斯特大学、剑桥大学，等等，各有各的特点，但我还是选择了沃里克大学。道理竟是这样的简单：因为它离莎士比亚的老家只有30分钟的车程。莎士比亚的故乡是在英格兰中部的沃里克郡，而我最终选定的这所大学就是以它命名，虽然它实际上是处于沃里克郡和考文垂（属西米特兰兹郡）之间；大学实际上是建在两郡的交界处。

到了沃里克大学，我常常有这样一种幻觉，觉得莎士比亚就在我的附近，莎士比亚就是我的近邻。每当黄昏时分漫步于湖边时，我总禁不住抬头远眺绿野的那一边，因为那里曾经生活过一位几个世纪以来一直影响着世界的伟人。

五月正是英国的春光最明媚的月份，虽然从中国农历来说，这已是初夏，但英国并没有真正的夏天；其整个夏天，都好像是一个延长了的春天。我终于踏上了"朝圣"的旅程。汽车行驶在绿野当中，鲜花丛中；艳丽的阳光，穿透纯净的乡间的空气，显得格外透明，让你觉得这是在地中海边，这是在爱琴海之畔。一切都美得近乎不真实。这就是莎士比亚生活过的、抒写过的"古老的英格兰"。

莎士比亚的故乡便是在这绿色海洋拥抱中的一个小镇：斯特拉福镇。有这么个伟人做老乡，该镇真是有福了；有这么个伟人出生于斯，旅游经济该"做大做强"了。然而，小镇依然是小镇，依然是一个具有国际风范的小镇。言其"小"，因为它的规模远不及我们的一个小县城；说它"具有国际风范"，因为它总是张开其热情的胸怀，拥抱来自全世界的"朝圣者"。

莎士比亚活了52岁，但他一生差不多有一半时间是在伦敦度过的，只有童年和青年时期的部分时光，以及晚年的三四年是在斯特拉福镇度过的；然而，无论是走在斯特拉福镇的街道上，还是坐在敞篷车上，迎面扑来的无不是莎士比亚的气息，目光所触及之处无不是莎士比亚的痕迹。他出生的那座房子，已经有400多年历史了，至今保存完好。镇上其他几处跟莎士比亚或莎士比亚家族有关的房子、花园，依然向游人开放。莎士比亚太太家的那处低矮的农舍，也已经在镇外承受了500年左右的风雨，而成为英国现今"最有名的建筑物之一"。当你走在莎士比亚故居花园里的时候，你必定会浮想联翩：虽然这花不是莎士比亚亲手所种，但这花园确是他日日走过的地方。

是的，在斯特拉福镇，你会发现莎士比亚简直无处不在：莎士比亚读过书的语法学校、莎士比亚墓地、莎士比亚剧院、莎士比亚旅馆……同样，在细微之处，你仍然会感到莎士比亚的存在。在历史建筑里，在沿街的店铺里，几乎所有的纪念品都跟莎士比亚有关，几乎都烙上了莎士比亚的痕迹：莎士比亚挂历、莎士比亚围巾、莎士比亚钥匙扣……

斯特拉福镇外面流淌着一条美丽的河：艾汶河，她是莎士比亚灵感的源泉之一。河的西岸是小镇，河的东边是绿草萋萋的乡野。在这里，你依然会感到莎士比亚的存在。他的墓地所在的那座教堂的高大身影倒映在清澈的艾汶河中，

斯特拉福镇郊外莎士比亚太太哈瑟维夫人的故居：一座400多年的老宅，英国著名建筑。

斯特拉福镇上皇家莎士比亚剧场：这个剧场只演出一个人的作品。

矗立在斯特拉福镇艾汶河畔的莎士比亚雕像

位于斯特拉福镇中心的莎士比亚故居

不管你从哪个角度看，你都会看到那座教堂，还有那水中的倒影。于是，这个小镇有了一个好听的名字：艾汶河上的斯特拉福镇（Stratford-upon-Avon）。

夜晚降临了，店铺都纷纷关门了，莎士比亚依然是这个小镇的"主角"：在皇家莎士比亚剧院，即将上演的是莎士比亚的名剧《第十二夜》。莎翁的37个剧本我全部读过，根据他的剧本改编的电影也看过不少，但在他的故乡看原汁原味的戏剧表演，这还是头一回。古朴的剧场，17世纪的圆形舞台，古典风格的表演，这一切似乎把你又带回到古代，让你在三个多钟头的时间中暂时忘记自己是生活在21世纪。

离开斯特拉福镇已是半夜时分。小镇的一半似乎已进入梦乡，但空气中还依稀洋溢着一个名字：莎士比亚。

当我站在东西半球之间……

——在格林威治天文台

> 当我的左脚站在东半球,右脚站在西半球,当我的心被零度经线穿透,我的思想该在哪里落脚?
>
> ——题记

我们都生活在一个叫"地球"的星球上,这是事实;不管是王公贵族,还是平民百姓,都分别生活在东半球和西半球,这似乎也是事实;地球是圆的或是椭圆的,这更是不争的事实。

然而,地球分为东半球和西半球,则是人为的,那是英国人干的,是英国人让一条看不见的想象的线穿过他们的看得见的国土,是英国人让有形的茫茫大海上的那些有形的帆船以那条穿过他们有形的国土的无形的线作为确定方向和时间的一种标准;于是,不管你喜欢还是不喜欢,不管你是在太平洋上,还是在大西洋上,还是在印度洋上,只要你不希望迷失方向,只要你希望找到回家的路,你实际上都是以这个岛国为中心来确定自己的方位;于是,英国因此成了世界的中心,而这中心的中心就是格林威治天文台,因为子午线就是从这里穿过。当然啦,不管我喜欢不喜欢,我在英国的住处就是在西经 1.4 度左右。

不管我喜欢还是不喜欢,我最终还是去了格林威治去看那座把地球分为两个半球的天文台,去看那条把地球一分为二的线。

格林威治在伦敦的东南,从伦敦桥坐地铁中途再换乘地面火车,大约 40 分钟的路程。就城市繁华而言,格林威治显得有点冷清,如果不是那里有格林威治天文台,恐怕很少有人去。事实上,现在的格林威治天文台已经不再发挥它作为天文台的功能,据说,其天文研究已经迁到剑桥去了;但是,由于子午线从这里经过而使得格林威治天文台成为了一个永恒的名字。来自世界各地的人们纷纷赶到这里,乃是要亲眼看看那只被称作"时间之母"的古老的大钟,亲眼看看那条将地球分为东方和西方的线,亲身体验一下同时身处东半球和西半球的感觉,然后回去告诉别人,我到过零度经线,我的左脚站在东半球时,我的右脚站在西半球。我也是他们当中的一个。

子午线(Prime Meridian)本是一条想象的线,但英国人将这条无形的线用金属和玻璃钢显示在格林威治天文台门前的地上。这条人造的线宽约 20 厘米,长约 30 米,它的一段延伸至天文台的老建筑,到了墙根处成 90 度角继续向上延伸,但改为用红色显示。至二层楼的高度时,设一标识,上书:"世界子午线"(Prime Meridian of the World),标识的左侧写着"东",右侧写着"西"。这条人造的线在地面上的另一头是一个用不锈钢造的雕塑,雕塑的最前端是一个锋利的箭头,直指北极。很有创意的是,当这条有形的子午线延伸到墙上时,正好是经过门的正中间;这样一来,这门便是被分割在东西两个半球了。

来自世界各地的游客络绎不绝,但大家无一例外地都希望跟这条"世界第一线"合影留念,并都无一例外地双腿叉开站在子午线的两侧,以示自己在同一时刻身处东、西两个半球,或是站在那处有子午线穿过的小门之间,让零度经线穿过自己的身体。当然啦,这一切的确又是很可笑的,因为,当子午线从你的身体里穿过时,你既无疼痛感,也无愉悦感,如果有什么感觉,那只是你

格林威治公园里的大树，似乎是要用它的粗壮来记录时间。

发明钟的人没有发明时间；发明时间的人没有发明钟。

我算是站在东西半球之间了，被一根假想的线穿透。

一根假想的线不仅把地球分成了东和西，也把很多看不见的东西就此分开。

想象出来的。

但是，任何一个有思想的人，在古老的格林威治天文台自然都会有很多联想，很多感想。如今的格林威治天文台虽然不再发挥它的天文学研究功能，但它在世界天文学史上的独特地位是过去乃至今后的任何天文台都无法取代的，因为它"操控"过时间，因为它让世界有了"方向"，因为它是人类文明的一个永远不能磨灭的印迹，是近代欧洲社会人征服自然的一个有力的佐证。站在格林威治天文台，你还可以用另外的方式解释什么是"日不落帝国"：所谓"日不落帝国"是因为英国人用他们想象出来的线条把整个地球都罩在里面，不管在他们的本土是白天还是黑夜，他们都能用想象出来的线条把世界束缚住。

站在格林威治天文台，你仿佛可以顺着时间的隧道去追随人类探索自然的足迹。眼前的这座天文台是1675年英王查尔斯二世下令建造的，建造它的第一目的就是要确定地球的经度。懂得一点地理知识的人都知道，纬度的确定可以通过测量太阳与地球的距离来测算，而经度则不一样。其实，与时间有关的主要是经度。在早期的航海中，由于没有统一的经度起点，而给船只航行带来诸多不便。而船只的安全常常取决于经度，经度计算错误了甚至会导致海难。子午线由英国人确定，这本身就很意味深长，因为它标志着英国在17世纪的崛起，也标志着英国在1688年战胜西班牙"无敌舰队"后开始取代西班牙和葡萄牙成为新的海上霸主。

不管人们是否愿意，英国人确定的、以格林威治天文台为起点的子午线后来被国际社会（尽管法国人很不在乎）接受了。从此之后，世界有了东半球与西半球，从此世界有了东方与西方。也许你认为，子午线是从巴黎穿过，或是从北京穿过，或是从华盛顿穿过，并不重要，但是，"东方"和"西方"的概念形成后，世界的文化实际上便开始以这个零度起点为圆心划圆，离圆心越近的越是中心，离圆心越远的越是边缘。于是，欧洲中心渐渐形成，西方中心主义渐渐形成。

虽然"日不落帝国"已经不再"日不落",但是,那个"帝国"留给世界的假想线,还像蜘蛛网似的把地球网在当中。

我在格林威治天文台外的格林威治公园里徘徊着,徘徊着。那些两个人、三个人也围抱不过来的大树,有的比格林威治时间还要古老,它们都因为子午线而获得某种无上的光荣。我在这些时间的见证者之间徘徊着,徘徊着,一会儿走在东半球,一会儿走在西半球。当我的左脚站在东半球,右脚站在西半球,当我的心被零度经线穿透,我的思想该在哪里落脚?

穷人自有穷人的福

——与伦敦大爆炸擦肩而过

7月7日,星期四,多云,是个英国人难以忘却的日子。继纽约和马德里之后,恐怖主义的毒刺又在西方文明的身上狠狠地蜇了一下。

7月7日,星期四,多云,是我深感庆幸的一天,因为这一天我完全有理由去伦敦,完全有可能在国王十字地铁里,然而,或是命运之神的安排,或是因为囊中羞涩的缘故,我没有出现在现场。

剑桥是我心中的学术圣殿,但平时一直忙,直到回国前才抽出一天去看看康河的芳容。7月5日我去考文垂火车站买票,我的计划是买早上7点的火车票,从南线走,经伦敦转车去剑桥;由于是在高峰期,票价45英镑。这把我吓一跳。我告诉售票员,我打算选晚一点的火车。于是,我选择了9点20从伯明翰转车去剑桥的北线火车,花了38英镑。

一路上旅行顺利,只是火车快到剑桥时,车上的广播通知准备从剑桥转车去伦敦的乘客,由剑桥开往伦敦的火车已经全部取消;我没有太在意,因为这跟我无关。

我从剑桥回到家已经是午夜一点。当时我并不知道当天伦敦发生的事。打开电子信箱，国内有朋友来信问我，伦敦发生爆炸，我是否安全。我这才连忙看网上新闻，才知道白天发生的一切；这时我才知道，我是多么幸运；这时我才知道，为什么伦敦和剑桥之间的火车被取消；这时我才知道，为什么剑桥火车站聚集了那么多准备出发的急救人员；这时我才明白，为什么今天我回来时我所坐的车厢里最后只剩下我一个乘客……还有一件事：我半夜在伯明翰转车回来时，在站台上我本想抽支烟，但那里有禁烟标志，于是我便走到站台的尽头没有灯光的地方抽烟；我刚把烟点上，就听见广播里说：在火车站里，任何时候，任何地方都不得吸烟！我一下子明白了，这不是一般的广播宣传，这是冲着我一个人说的——我被监控到了！我惊讶于英国如此严密的监控系统。回到家里，得知伦敦的事情后，再联系我在伯明翰火车站的经历，我才知道，整个英国都处于高度戒备状态。

我能逃过一劫，一定程度上也由于我手头不宽裕。为了省下7镑钱，我选择了稍远一点的路线。如果我选择南线，我会在伦敦的尤斯顿火车站（Euston Station）下车，再乘地铁，到国王十字火车站（King's Cross Station），改乘去剑桥的火车。如果走这条线，我将在8点40左右到伦敦，然后下地铁；这样，我9点前后可能是在地铁里，而这个时间，正是爆炸在这一带发生的时间。当然，我也有可能避开这个时间，但是，爆炸发生后，伦敦通往外地的火车基本上都取消了，所以，我这一天也去不了剑桥，我会被困在伦敦。

我感到幸运还在于，我7月2日和3日也在伦敦，并且大量地使用了地铁，而发生爆炸的三个地方又是我经常路过的。现在想起来，我真是太幸运。当然，在庆幸之余，我为那些无辜的受难者深感不幸，也为英国人民深感不幸：从星期三申奥成功的狂喜，到星期四爆炸喋血的大悲。

爱上了被火车带到下一个故事的感觉。
故事里的花虽然谢了，但芬芳犹在；
或许有个停靠的地方，
但休息一下是为了走得更远。

第五辑 苏格兰的玫瑰

爱丁堡的故事

在爱丁堡的街头,只敢轻手轻脚地走路,因为,我担心:一旦我的脚步重了,那些古老的建筑物会坍塌下来。

我到过许多城市,东方的,西方的,很多城市随着时间的推移渐渐淡出于我记忆的长廊,消失在遗忘的那一头;但是,爱丁堡却是那种让你一见钟情,一见倾心,终生难忘的城市。它是苏格兰的心脏,又是苏格兰的灵魂。作为苏格兰的首府,它拥有闻名世界的爱丁堡城堡;鳞次栉比的乔治亚风格(Georgian)和维多利亚风格的(Victorian)建筑,把这座城市装点成一个古代建筑博物馆。所以——

在爱丁堡的街头,只敢轻手轻脚地走路,因为,我担心:一旦我的脚步重了,那些古老的建筑物会坍塌下来。

如果说爱丁堡是苏格兰的心脏,那么,爱丁堡的老城区则是爱丁堡的心脏。一条王子大街(Princes Street)由东向西将老城区和新城区分开。当然,老城区和新城区实际上是挨在一起的,不过是一路之隔。在王子大街北侧的所谓新城只是相对老城而言,其建筑并不年轻,大多是乔治亚时代(Georgian Age,1714-1830)的建筑,相对整齐、规则;而王子大街南侧的老城区则是名副其实的古代建筑的万花筒。当你在那些狭窄的小巷里迷路时,你其实也是在历史的迷雾中迷航,因为那些古老的道路,那些逼仄的小修道院,每一条,每一个,都幽藏着许多故事,古老、神奇、晦暗。所以——

在爱丁堡的街头,只敢轻手轻脚地走路,因为,我担心:一旦我的脚步重了,会把沉睡在中世纪的亡魂惊醒。

爱丁堡是一个只适合走着欣赏的城市。不仅那些古老的建筑会让你慢下脚步,就是你脚下的鹅卵石路也遏制着你前行的速度。那上下起伏的道路(无论老城区还是新城区,很多地方都是依着地势建造的),让你在漫步中体验城市风光的峰回路转;那隔着你的鞋底顶着脚心的鹅卵石,似乎是些啃不动的历史逸事,吸引你去追寻。沿着王子大街向东走不到一公里的样子,你会来到东王子公园(East Princes St. Garden);在这里,你会看到著名的司各特纪念碑。相对于爱丁堡的其他建筑,它也许稍稍年轻一点,因为它是1846年为纪念苏格兰的历史小说家司各特(Sir Walter Scott,1771–1832)而建的。由于其雕塑之外的附属部分所使用材料的缘故,纪念碑经历了160年风雨侵蚀,已经风化得很厉害,看上去要比它的实际年龄大得多。

在这里,你似乎不仅走路要轻手轻脚,即使你发出惊叹,也应轻声一点,因为我觉得,只要你大喊一声,纪念碑上很可能就会掉下一块碎渣。

我喜欢漫步于东王子公园,它好像是新老城区之间的一片巨大的肺叶,让整个城市畅快地呼吸。建筑物永远是旧的,而且越来越旧,但这里的自然永远是新的,而且永不疲惫。公园里满是人,但我相信,十个当中至少有八个不是本地人,但他们都像是半个小时前才离开家,安安静静地休闲在这城市的肺叶里,或轻声说话,或阅读,或什么也不做。在这里,你千万不要错过了看看时间,我是说看看一口世界著名的大钟指示给你的时间,它就是离司各特纪念碑不远的"花钟"(Floral Clock)。

"花钟"名副其实,因为钟面是由成千上万的花草"长"成的,指针上也植满了奇花异草;所以,这是一口在时间、在季节中生长着的钟;它指示时间,

在爱丁堡街头，每座雕像都讲着自己的故事。

尽管这里面没有国王，但我们还叫它苏格兰王宫。

走在爱丁堡的街头，就像是走在历史的长廊里。

站在高处看爱丁堡，除了古老还是古老。

但它本身又是在时间中生长着。这样一来,这钟又有植物的属性。的确,这钟只在春夏工作,秋冬时节休息,爱丁堡的气候注定了它只能这么工作。好一个春华秋实的钟!好一个奇思妙想的设计!它似乎在用象征的手法告诉人们,时间就是生命,生命就是时间。

所以,在这里你也要轻手轻脚地走动,千万别打搅了这时间中的鲜花,这鲜花中的时间,这时间中的生命,这生命中的永恒的哲理,这永恒哲理中充满活力的律动。

相对于许多东方古都,爱丁堡算是"晚辈",但爱丁堡的优势在于,它能将有限的古老如此有效、真实地保存下来。1000多年前,罗马人和凯尔特人(Celts)轮流控制着爱丁堡,直到1020年,它才真正获得了自主。虽然后来不断受到英格兰人的侵袭,但爱丁堡还是迅速发展成为苏格兰的行政、经济、文化中心。

到18世纪的时候,爱丁堡已经发展成为繁荣的北方大都市,于是,爱丁堡人不得不搞"开发区",发展"新城"(New Town)。当然啦,我们现在也在搞开发区,但爱丁堡的"开发区"是开始于18世纪;也就是说,今天我们看到的爱丁堡的"新城"所谓的"新",只是相对于老城而言,因为这"新城"至今也有200多年的历史了。

在爱丁堡的街头,只敢轻手轻脚地走路,因为,我担心:一旦我的脚步重了,那些古老的建筑物会坍塌下来。

随着经济的发展,爱丁堡也逐渐成为英国乃至欧洲文化的一个重镇。在文化上,爱丁堡从来不缺少"杰出的儿子",除了瓦尔特·司各特,它还拥有伟大的哲学家、《国富论》的作者亚当·斯密(Adam Smith,1723-1790);它还拥有对近代欧洲产生巨大影响的哲学家大卫·休谟(David Hume,1711-1776)。1802年创刊的《爱丁堡评论》更是使这座古老的城市一度成为全欧文学、文化的一个中心。19世纪(英国文学的又一个辉煌的时期),几乎所有的文学运动、几乎所有的伟大作家,都跟这个城市的这本伟大的期刊有着千丝万缕的联系。

我深知,在这篇小文里无法把爱丁堡的故事讲完,但是我还是要讲讲爱丁堡城堡的故事。苏格兰人常说的一句话是:不到爱丁堡就等于没有去苏格兰,不到爱丁堡城堡就等于没有到爱丁堡这座城市。是的,每一个到爱丁堡的人必定要登上这座城市的最高处,看看这座"城堡中的城堡"(Castle of Castles)。说它是"城堡中的城堡",不仅仅因为它规模大、保存相对完好,还在于它得天独厚的自然条件。它把守着城市的制高点,在军事上地位非常重要;同时,它也可以说是爱丁堡的城市之母,因为爱丁堡最早的大街、最初的房子都是以它作为起点建设的,所以,在理论上讲,没有爱丁堡城堡就没有爱丁堡这座城市;再者,爱丁堡城堡是借着一块巨大的火山岩兴建而成的,所以,整个城堡就像是一块庞大的巨石(形成于7000万年前),浑然天成,固若金汤,这就赋予了城堡天然的防御能力。爱丁堡城堡的内部更是一个难以完全破译的、深奥的"历史学城堡",因为谁都难以将它所包含的故事全部挖掘出来;它有着那么多的密室、暗道、小教堂,每一处都跟神奇的故事相连接。比如,现今还陈列在城堡上的重6吨的火炮Mons Meg,总能诱发游客的思古幽情;这门产自比利时Mons的火炮,其历史价值远远超过了它的军事价值。虽然Mons Meg最后一次使用是在17世纪,虽然我们今天无法再去领略它的巨大威力,但是,如果幸运的话,你可以体验一下爱丁堡城堡上每天下午一点钟的礼炮鸣放,当然,这礼炮的威力显然不能跟Mons Meg相比了。

在爱丁堡的街头,只敢轻手轻脚地走路,因为,我担心:一旦我的脚步重了,会把那些火炮的炸药桶引爆。

在爱丁堡,你可以先把新、老城区游遍,然后再登上城堡的高处鸟瞰全城,这就有如做了大量的工作后,最后再做一个全面的总结;你也可以先上城堡,俯瞰这座古老的城市,好在接下来的时间里,去一一探究脚下那些故事的细节,这就有如在做一篇大文章之前,先有一个提纲。

然而，爱丁堡的故事你永远探究不完，因为很多过于传奇的故事总有新的版本而最终众说纷纭，因为很多老故事的后面不断有新的、离奇的续写。比如，离爱丁堡不远的罗思琳（Rosslyn Chapel）本来就是一个跟很多离奇传说联系在一起的教堂。这座建于15世纪的教堂因为美国畅销书作家丹·布朗的小说《达芬奇密码》更加闻名世界，正像牛津那座教堂因为《哈里·波特》在那里拍摄而吸引了更多的游客。《达芬奇密码》中写到的圣杯跟这座教堂密切关联；又传说，在教堂的一个秘密窗户，有血红的光从外面射进来，而且是每年两次，一次是在3月21日，一次是在9月21日。《达芬奇密码》的畅销给丹·布朗挣了不少钱，但是也给这座教堂带来了灾难性后果：2006年以来，来这座教堂的游客持续成倍地增加，教堂的宁静被打破了。

　　所以，在爱丁堡的街头，只敢轻手轻脚地走路，因为，我担心：一旦我的脚步重了，会把一些故事里的冤魂惊醒。

司各特纪念碑的秘密

古老的爱丁堡从来就是神奇故事的摇篮。

从爱丁堡的东侧进爱丁堡市区,你首先经过滑铁卢大街(Waterloo Place),然后就走上王子大街(Princes Street)了;其实,这两条大街是一条路,东头叫滑铁卢大街,西头则叫王子大街。

沿着王子大街继续朝东走,你便来到有名的东王子街公园(East Princes St. Garden),在你饱览了从滑铁卢大街到王子大街的古老建筑之后,现在可以放松一下,在悠闲的人群之间,在精致的自然当中,去领略爱丁堡的另一个侧面。

在这里,你千万别错过一座著名的建筑:在公园的东北角上矗立着的一座被看作爱丁堡的象征之一的纪念碑——瓦尔特·司各特纪念碑(Sir Walter Scott Monument)。相对于爱丁堡的其他古老建筑而言,这座有160年历史的纪念碑算是个小字辈。然而,由于它是纪念苏格兰的伟大诗人、历史小说家司各特(Walter Scott,1771-1832)的,又由于司各特是出生在爱丁堡,是名副其实的"爱丁堡之子",而显得意义重大;就像司各特本人在爱丁堡市民心中占据着骄傲的一角那样,司各特纪念碑在爱丁堡的市中心骄傲地耸立着。

每天,来自世界各地的人们用崇敬的眼光从不同的角度仰视这座设计精巧的纪念碑;但是,很少有人知道,关于这座纪念碑的鲜为人知的"秘密"。它究竟是谁设计的？它为什么被设计成这个样子？它的颜色为什么那么古怪？

司各特1832年去世后不久（1836年），爱丁堡就成立了一个委员会着手建立司各特纪念碑，然而，在众多的应征作品中，一个人们从未听说过其名字的叫"约翰·莫沃"（John Morvo）的人的设计获得通过。后来才知道，"约翰·莫沃"是个化名，其真名是乔治·梅克尔·坎普（George Meikle Kemp，1795-1844）。世界上的很多设计都是通过征稿的形式来确定最后的方案，而且常常会出现无名之辈最终击败名家的情况，比如，华盛顿著名的越战纪念墙（Vietnam Veterans Memorial）的设计方案就是出自一个还在耶鲁大学读书的华裔学生Maya Lin之手。司各特纪念碑的设计者坎普用今天的话说，是一个自学成材的典型。

坎普有着不同于其他世界著名的设计家的坎坷经历。他出生在苏格兰山区的一个贫穷牧民家里，如果不是偶然的机缘，他可能会在山间放一辈子的羊。不过，苏格兰高地秀美的山川也培养了坎普对美的敏锐感。在他10岁的时候，他碰巧去罗思琳教堂替人送一封信，这让他第一次接触到古代建筑，而这第一次接触就是"一见钟情"：他惊讶于古代建筑的崇高之美，震惊于人类非凡的美的创造力；那一瞬间改变了他的整个人生；就像一个人在顷刻间突然受到某种启示而归依某一宗教那样，坎普爱上了建筑艺术。

然而，作为一个普通牧民的孩子，他绝对没有可能去大学读建筑专业，他所能做的是先当泥水匠学徒。泥水匠与建筑师之间还有着十万八千里的距离，但坎普通过做一名普通工匠广泛接触到各种古代建筑，尤其是古代建筑遗迹。在以后的几年中，他先后到过伦敦、格拉斯哥等地，每到一地他都如饥似渴地去考察当地的古代建筑。他还去过巴黎。在那里，他醉心于巴黎圣母院的建筑艺术；为了考察巴黎的古代建筑，他边做手艺边寻访各处历史遗迹。

苏格兰的确是一块出产天才的沃土，哪怕是穷人的孩子，也会以顽强的生命力冲破贫瘠的土壤，盛开成倔强的荆棘花。彭斯是这样，坎普也是。

司各特纪念碑（近景）

司各特纪念碑（远景）

坎普就这样以一个手艺人，一个泥水匠的身份，以他敏锐的艺术观察力，疯狂地吸收着全英乃至欧洲的古代建筑艺术的精华。作为农民的孩子，坎普有着过人的精力和毅力。他没有机会像那些著名的建筑家们那样坐着马车去考察，但他天生是个远足（Excursion）的"神行太保"。他经常日行百里，从一个古代建筑杰作奔向下一个。这当中还有件逸事呢：据说坎普在考察途中有一次曾经搭过司各特的马车（坎普能成为他的纪念碑的设计者，大概是缘分决定了的）。

奋斗毕生，成功有时只需要一个瞬间。坎普虽然到这时还是默默无闻的，但他在建筑设计上的造诣，已经达到一个惊人的高度；他所需要的只是一个爆发的机会。这个机会终于到了！虽然他没有敢在提交的司各特纪念碑设计方案上署自己的真名，但他还是战胜了包括许多著名设计家在内的53名参赛者，而将自己的名字跟那位用马车带过他一程的不朽的天才的名字永远联系在一起。

那是一个跟平常没有什么两样的黄昏，坎普从工作的地方回到家里。他刚跨过自家的门槛，妻子向他宣布了令他的难以置信的成功。是的，成功常常是在瞬间：坎普在跨过自家那道门槛前，不过是个普通的工匠，而在他跨过了那道门槛后，他已经成了载入史册的伟大的设计师。可是，上帝在"赐"给天才成功的同时，也"赐"给他不幸。1844年，在离司各特纪念碑竣工还有两年的时候，坎普不幸落水身亡。

肉体迟早会消失，但他的杰作永远留在人间，他所设计的司各特纪念碑已经成为经典，为世人仰慕。

坎普所设计的司各特纪念碑是一座哥特式风格的建筑，整体高200.5英尺。坎普在哥特建筑传统上又有许多自己的创新，从总体上看，纪念碑的中间是空的，高大的司各特大理石雕像安置于中间，所以，人们从四个方向都可以看到司各特雕像；纪念碑的外部结构像一个巨大的东方式的亭子，但是，这"亭子"不是用支柱支撑，而是由四个较小一点的哥特式建筑构成；这样，纪念碑既有总体上的哥特风格，又有局部上的哥特特点。

细心的游客会发现，这才一个半世纪的司各特纪念碑看上去似乎比它的实际年龄大得多，就好像是一个 30 岁的人看上去有 50 岁那么大。这便是司各特纪念碑的另一个秘密。从远处看，纪念碑呈褐色，走近了看，则褐色中透出黑色，像是被烟熏过似的，让人觉得它有 700 岁高龄。其实，这种效果并不是设计者或施工者刻意追求的。原来，纪念碑所使用的石材是从爱丁堡附近的采石场运来的沙石，这种沙石质地较为松软，易被风化，进而变黑；所以，纪念碑在过去的一个半世纪中不断被修缮，便有了褐里透黑、斑驳古旧的外形效果。历史遗迹从来就是这样，连败笔也会成为形成特色的因素。

这就是司各特纪念碑的"秘密"。记住，当你徜徉在东王子街公园，把那位伟大的苏格兰诗人和小说家瞻仰的时候，千万不要忘记为这座纪念碑倾注了一生才华的那位艺术家的名字：坎普。

——原本用来纪念一个伟人的纪念碑，结果纪念了两个伟人。

神秘的尼斯湖

去英国不去苏格兰，一定是最大的遗憾，这种遗憾是可以跟去了英国而没有去伦敦的遗憾相提并论的；因为苏格兰从来就是跟"神奇"紧紧联系在一起的：穿着裙子的男人、有着一颗勇敢的心的华莱士、令人匪夷所思的荆棘花，当然，还有那深邃、神秘的尼斯湖，以及湖中永远激起人们遐想的尼斯湖水怪。是的，去了苏格兰如果不去尼斯湖，就等于没有去苏格兰。

尼斯湖是英国内陆最大的淡水湖，位于英国苏格兰高原北部的大峡谷中，位于横贯苏格兰高地的大峡谷断层北端，湖长39公里，宽2.4公里。面积并不大，却深。平均深度达200米，最深处有293米，是世界罕见的深水湖。尼斯湖两岸陡峭，树林茂密，风光宜人，是旅游度假的好去处。湖北端有河流与北海相通。或许是水深的缘故，在天气比较寒冷的苏格兰，尼斯湖终年不冻。

尼斯湖的水温很低。在夏季，距离水面100英尺内的水温可达摄氏度12度，但是100英尺以下的水温却仍然保持在摄氏5.5度。由于湖水水温非常低，很不适合游泳；而且，湖水充满了泥煤，使得能见度只有几英尺而已：深水加上泥煤，尼斯湖的水看上去往往蓝得发黑，或者说，有时是呈墨蓝色。

这种蓝使得尼斯湖显得特别神秘。但是，最使尼斯湖具有神秘感的还是那关于尼斯湖水怪的传说。

关于水怪的最早记载可追溯到公元565年，爱尔兰传教士圣哥伦伯和他的仆人在湖中游泳，水怪突然向仆人袭来，多亏教士及时相救，仆人才游回岸上，保住性命，自此以后，10多个世纪里，有关水怪出现的消息多达一万多宗。但当时人们对此并没有太在意，认为不过是古代的传说或无稽之谈。然而，由于关于水怪的故事越传越多，越传越离奇，很多人甚至还拿出种种"证据"，以证明水怪确实存在。直到1934年4月，伦敦医生威尔逊途经尼斯湖，正好发现水怪在湖中游动。威尔逊连忙用相机拍下了水怪的照片，照片虽不十分清晰，但还是明确地显出了水怪的特征：长长的脖子和扁小的头部，看上去完全不像任何一种的水生动物，而很像早在七千多万年前灭绝的巨大爬行动物枣蛇颈龙。因此这张照片刊出后，很快就引起了举世轰动。伴随着二十世纪的"恐龙热"，人们开始把水怪与蛇颈龙可能仍然生存着联系起来，对此给予了极大关注。1960年4月23日，英国航空工程师丁斯德在尼斯湖拍了50多英尺的影片，影片虽较粗糙，但放映时仍可明显地看到一个黑色长颈的巨形生物游过尼斯湖。有些原来对此持否定态度的科学家，看了影片后改变了看法。皇家空军联合空中侦察情报中心分析了丁斯德的影片，结论是"那东西大概是生物"。

进入20世纪70年代，科学家们开始借助先进的仪器设备，大举搜索水怪。1972年8月，美国波士顿利用水下摄影机和声纳仪，在尼斯湖中拍下了一些照片，其中一幅显示有一个两米长的菱形鳍状肢，附在一巨大的生物体上。同时，声纳仪也寻得了巨大生物体在湖中移动的情况。

1975年6月，该考察队再到尼斯湖，拍下了更多的照片。其中有两幅特别令人感兴趣：一幅显示有一个长着长脖子的巨大身躯，还可以显示该物体的两个粗短的鳍状肢。从照片上估计，该生物长6.5米，其中头额长2.7米，确实像一只蛇颈龙。另一幅照片拍到了水怪的头部，经过电脑放大，可以看到水怪头上短短的触角和张大的嘴。

1972年和1975年的发现曾轰动一时，使人感到揭开水怪之谜或者说捕获活

尼斯湖水怪几乎没有人见过，但尼斯湖水怪的玩偶却到处都是。

尼斯湖边的奥夸特城堡只剩下一堆残垣断壁

尼斯湖——远看是湖，近看像海。

的蛇颈龙已指日可待了。此后英、美联合组织了大型考察队，派24艘考察船排成一字长蛇阵，在尼斯湖上拉网式地驶过，企图将水怪一举捕获。但遗憾的是，除了又录下一些声纳资料之外，一无所获。最近一次关于水怪的发现则是在今年5月份，连中国的中央电视台也做了报道。尼斯湖能扬名世界，可以说，主要是因为它拥有水怪，而水怪这东西，到今天，人们都没有铁证，更没有谁活捉到过一只水怪。正是这个几乎是莫须有的东西，让尼斯湖充满魅力，让苏格兰显得更加传奇。

这个莫须有的怪物有个很可爱的名字 Nessie。其外形特征是：长长的脖子和扁小的头部，看上去完全不像任何一种的水生动物，而很像早七千多万年前灭绝的巨大爬行动物枣蛇颈龙。

不管什么东西，存在的，还是不存在的，真的或是假的，好的或是坏的，只要传播多了，就可以出名。至今仍然是个谜的尼斯湖水怪几乎成了苏格兰的象征之一，尼斯湖畔的苏格兰人也因为水怪而获得了一种优越感。尼斯湖水怪甚至还有一个官方网站：http://www.nessie.co.uk/。为这个不存在的东西建个网站，多少有点令人匪夷所思。

初夏时节，我怀着对苏格兰的憧憬，踏上北上的旅程。当然，我不只是冲着尼斯湖去；因为苏格兰除了尼斯湖，还有彭斯，还有华莱士，还有连绵的青山、广袤的牧场，还有总让人发思古之幽情的城堡。在尼斯湖的船上，我使劲地往水里看，除了深不见底的湖水，老实说，我什么也没有看见。我们也许永远不知道尼斯湖里有没有水怪，但尼斯湖的水怪名声确实太大。于是，我又顺便说一句，对于世界的事情，不管存在不存在，不管是好是坏，只要是出了名的，我们还是应该知道一点。

这也是我写这一篇的缘故吧。

勇敢的心

英国很狭小，但作为英国一部分的苏格兰却是那么博大、宽广；英伦很剔透，但作为英伦之一部分的苏格兰却是那么深邃、悠远、神秘，犹如一块你永远穿越不过的大陆。博大，乃是有精神；深邃，乃是有内涵；悠远，乃是有历史；神秘，乃是有故事。尼斯湖的故事，荆棘花的故事，风笛的故事，彭斯的故事，爱丁堡的故事……故事在时间的隧道里穿行久了，便成了传奇，传奇传得久了，便成了一种永恒。正像荆棘花成为苏格兰永恒的象征那样，威廉·华莱士几乎成了苏格兰的同义语。到苏格兰去，便是到彭斯的故乡去，更是到华莱士的故乡去。古老的苏格兰有过许多自己的君主，但是，没有哪个君主在历史的殿堂里能像华莱士那样占有如此光辉灿烂的一角；甚至可以说，在苏格兰的历史长河中，只有一艘叫"华莱士"的大船永远张着自豪的风帆乘风破浪，而那些古老的君主们统统不过是些扁舟。

是的，当汽车离斯特灵（Stirling）越来越近时，我强烈地感觉到历史的存在，似乎听见一颗伟大的心脏激烈的跳动，隔着七个世纪，在自豪地跳动着。那是一颗勇敢者的心！

也许是因为年代太久远了，苏格兰之外的很多人只是通过好莱坞的大片《勇敢的心》（BRAVEHEART）才认识了这颗勇敢的"心"。相对于书卷来说，电影从来都是浅薄的，但是，梅尔·吉布森主演的电影多少还是还原了 700 多年前的苏格兰土地上的激情，以史诗般的笔触演绎了冷兵器时代的热情。

威廉·华莱士（1272-1305）所生活的那个时代，正是英格兰与苏格兰冲突十分激烈的时期。华莱士出生那年，人称"长腿王"（Longshanks）的爱德华一世登基执政。由于苏格兰内部的争权夺势，由于英王的贪婪，苏格兰不久沦为英格兰的殖民地，苏格兰人也因此开始了与英格兰人的旷日持久的较量，而爱德华一世也因此成为华莱士一生的死敌。

华莱士一生打过两个著名的战役，一场以苏格兰人的彻底胜利而告终，一场以英格兰人的征服而结束。第一场战斗是 1297 年冬斯特灵桥附近的"斯特灵桥战役"（这座桥至今还保存着，被称为"老斯特灵桥"–Old Stirling Bridge），华莱士的军队获得全胜。斯役之后，华莱士由一个"绿林好汉"（outlaw）被封为苏格兰的"护国公"（Guardian of the Kingdom of Scotland and leader of its armies）。第二个战役于 1298 年初在法尔科克（Falkirk）附近打响。卷土重来的英格兰人吸取了上一次的教训，改变了战术，华莱士的军队不幸败北，他本人后来流亡到了法国。虽说自古以成败论英雄，但是，在这两个战役中，华莱士正是凭着他那颗勇敢的心凝聚了苏格兰，他所激起的那种民族精神至今仍激励着那些穿裙子的北方汉子们。

1305 年，华莱士从法国回到苏格兰，但在格拉斯哥不幸被英格兰人俘虏，被押到伦敦，被判有"罪"，被英格兰人剥光衣服，被用两匹马拉着穿过伦敦市区拖到刑场，被毒打窒息，被阉割，被掏出内脏并焚烧，最后被英格兰人斩首；被斩首后，又被分尸，被分的尸体被送往苏格兰的贝里克（Berwick）、斯特灵（Stirling）、佩斯（Perth，爱丁堡附近）等地"示众"，而他那高傲的头则被悬挂在伦敦桥上。

但是，被毁灭的只是肉体，而一颗勇敢的心是永远不会被消灭的！

因为，在 21 世纪的今天，当你漫步在苏格兰的大地上，随便问一个人华莱士是谁，在他们回答你之前，脸上先浮现的是崇敬和自豪；因为，就是在今天，斯特灵附近的华莱士纪念塔仍像一个斗士一样在苏格兰高地上高昂着它的头颅。

我来到斯特灵正是初夏时节，这时的苏格兰正将它的生机尽情彰显。午后的阳光洒在苏格兰的沃野上，洒在远处的青山上，那么纯净，那么透明。华莱士纪念塔是建在一座山上，但要瞻仰纪念塔必须经过山脚下的入口处。

来到山脚下，首先强烈地刺入你的眼帘是华莱士的雕像。我说是"刺"入眼帘，因为那是一尊极具视觉冲击力的艺术品：发出吼声的华莱士站在石台上，身着苏格兰裙子（kilt），背着那把著名的华莱士宝剑，右手抡着一只石锤，左手握着一面巨大的盾牌，上面写着"勇敢的心"（BRAVEHEART）。雕塑的底座是用几块大小不等的石头垒成的。人们完全可以用一块完整的石头来做雕塑的底座，但是，用几块破碎的石头拼成，似乎更有力度，更显遒劲，更具内涵，更有象征意义。底座的上面刻着一个词：FREEDOM（"自由"）。除了这些，雕塑便没有别的文字介绍。还要介绍什么呢？除了"勇敢的心"和"自由"，还有什么能代表威廉·华莱士呢？7个世纪过去了，那呐喊声似乎仍然在这山间回荡，回荡着"自由"的强音。

从山脚下的入口处到华莱士纪念塔要走很长一段山路。这段距离本身其实也包含着很深的含义。在你瞻仰了华莱士的塑像后，心中自然会涌动一种崇敬的情绪，自然会有一种立刻来到华莱士纪念塔跟前的冲动；然而，你还不能，你得走很长一段山路，而在你走过这段山路时，你的心中自然会有很多关于这位民族英雄的遐想，这种遐想又令你的崇敬情绪不断升华。

华莱士纪念塔矗立在高高的山顶上。正像华莱士在民族危难之际振臂高呼那样，它永远成为苏格兰人精神上的一种激励。在英文里面，华莱士纪念塔用的是Monument（纪念碑）这个词，但我在这里说它是"纪念塔"是因为它的中间是空的，瞻仰者可以拾级而上一直到塔顶；这样，它就有点像东方的佛塔了。

至今已经有近一个半世纪的华莱士纪念塔从建筑学意义上看，无疑是一个民族英雄华莱士的呐喊声似乎还在苏格兰高地上回响!

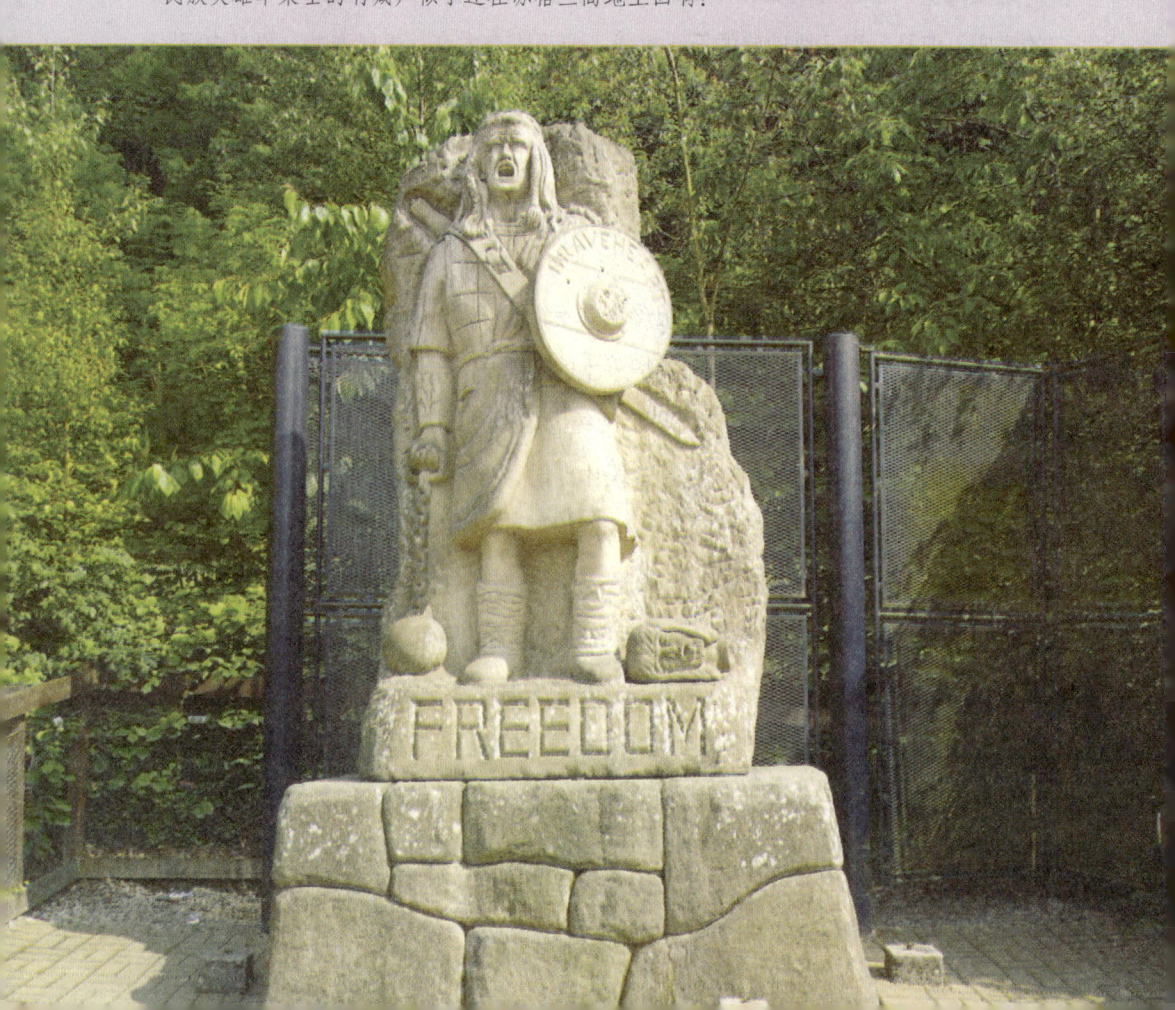

建于1830年的华莱士纪念塔矗立在高高的山顶上；塔身上硬朗的线条，象征着苏格兰人的粗犷与刚强。

杰作。跟欧洲古代的其他建筑物一样，它所使用的建筑材料是石头。它融城堡建筑、哥特式教堂建筑、纪念碑建筑于一体，既考虑到整体上的线条简洁，又注意到细部的微妙装饰。登上塔顶，你可以向各个方向饱览苏格兰风光，可以看到远处的斯特灵小镇，可以看到绵延起伏的山岭，更可以看到华莱士当年击败英格兰人的古战场，你似乎还可以看到眼前所看不见的苏格兰的神秘的一切。

当我站在这座著名的纪念塔上的时候，时节正是六月。正是在1861年的6月23日，华莱士纪念塔正式开放。尽管那天斯特灵下着雨，但人们还是从四面八方涌来。当地的居民约有10万人，而从外地来的参观者竟有8万人。他们来自苏格兰各地，心愿只有一个：来凭吊那颗勇敢的心！

人们要建华莱士纪念塔已是华莱士去世500多年后的事（1830年）。在我看来，在这位民族英雄去世500年后人们才开始建纪念塔似乎更体现出华莱士在苏格兰人心中的地位。更值得一提的是，这样一个伟大的建筑并不是政府出资建设的，而是用来自苏格兰、英格兰甚至欧洲各国的自由捐款建立起来的。是的，是许多颗崇敬的心为一颗勇敢的心树碑立传。

用石头建成的纪念碑是有形的，而用心建成的纪念碑则是无形的。有形的一切，你可以用感官去体验；无形的一切，超越时间和空间在无限里绵延。

当我恋恋不舍地向山下走去时，我的胸中萦怀着的是这样一句话：无论什么时候，只要你追求自由，你就得有一颗勇敢的心！

苏格兰与荆棘花

苏格兰是神奇的、神秘的。神奇和神秘的地方往往有很多匪夷所思的故事，比如尼斯湖与尼斯湖水怪。这些故事一般都有一定的现实的基础，但经过人们传诵、传播而不断增添色彩，使得故事本身越发变得像传说，越是像传说，便越发令人神往，浮想联翩。

在众多的神奇故事中，荆棘花与苏格兰的故事恐怕是最具民族特点、最能显示苏格兰人民族意识和民族自豪感的一个。事实上，荆棘花几乎成了苏格兰的象征。苏格兰的象征很多，比如格子尼裙子，尼斯湖等等；但是，格子尼裙子的意义在于体现苏格兰人的独特的民族风情，尼斯湖主要体现的是苏格兰的山川秀丽与神秘，而荆棘花则更能体现苏格兰的"爱国主义"热情，因为荆棘花似乎用它的多刺暗示出千百年来，苏格兰人对各种异族势力的殊死抗争；这种殊死抗争的精神，就像荆棘花的多刺，令任何一个入侵者丧胆。从那花刺上，我们仿佛能听到华莱士的呐喊声在苏格兰高地上激荡，仿佛能看到他的宝剑在北方的旷野上发出炫目的银光。所以，我认为，荆棘花比苏格兰的其他许多象征更具苏格兰的特点，更能显示出苏格兰人的气质。

荆棘花何以成为苏格兰的象征，这要追溯到13世纪，亚历山大三世（Alexander III，1249 –1286）统治苏格兰的那个时期。传说：当时苏格兰屡受北欧海盗骚扰，但顽强的苏格兰人，一次又一次地把海盗赶走。有一次，挪威海盗为了偷袭苏格兰人，于夜间从海上过来。为了不惊动睡在帐篷里的苏格兰人，海盗们脱掉了脚上的鞋子，蹑手蹑脚地靠近苏格兰人的帐篷，指望把他们歼灭在睡梦之中。然而，光脚的海盗为他们的光脚付出了代价。其中一个海盗踩上了一株荆棘花，花刺深深地扎进了他的光脚。这个海盗痛得大叫了一声。这叫声一下子惊醒了睡在帐篷里的苏格兰人。他们腾地从睡梦中跳起来，操起武器，冲出帐篷。结果，苏格兰在这次战斗中获得全胜。

是荆棘花救了苏格兰！是荆棘花救了苏格兰人！

苏格兰人抗击海盗的故事很多，但没有一个像荆棘花的故事这样传奇，这样令人不可思议。于是，荆棘花这本来是苏格兰的一种非常普通的花在苏格兰获得了无上的荣誉，它几乎成了苏格兰的保护神。于是，它开始成为苏格兰的象征。

荆棘花甚至成了苏格兰王室的象征，被镂刻在徽章上。首先确立荆棘花作为苏格兰王室象征的是詹姆斯五世，他于1540年命令苏格兰王室以荆棘花徽章作为王室的标志；后来，苏格兰所有的骑士们都佩带这一徽章，或将徽章的图案刻在盾牌上。

骑士们所佩带的徽章中间是一个十字，象征基督教。十字之上是交叉的四星以银镶嵌；再上面是一个圆，圆内用黄金镶嵌了圈苏格兰文字："Nemo me impune lacessit"，其英文意思是："No-one harms me without punishment"，其中文意思是："伤我者，必惩"；徽章的中心便是一朵荆棘花。从这文字中可以看出苏格兰人血液中流淌着的不屈的精神，豪迈的气概，粗犷的血性；由此仿佛可以听见彭斯的歌声，华莱士的怒吼。

然而，骑士的时代已经过去，野蛮的年代已经久远。在血与火中留下来的故事已经被和平罩上一层柔光，而被用来点缀生活的丰富多彩；人们在将荆棘花与苏格兰联系在一起的时候，不再强调抗争、反侵略这类含义，而只是表明

荆棘花。苏格兰人的骄傲。

它代表苏格兰。渐渐地，荆棘花便蜕变为一个象征符号，而不去刻意地将之与那段晦暗的历史联系在一起，就像人们一提起龙就想起中国那样，人们一提起荆棘花便想起苏格兰。就像中国人当中有很多不知道为什么龙跟中国的关系那样，不少苏格兰人其实也并不知道荆棘花为什么跟苏格兰联系在一起。

作为一个具有特别象征意义的文化符号，荆棘花在今天被运用于苏格兰人的方方面面，或用于商业方面，或用于旅游方面，或用于各种装饰。就像希腊神话是希腊文学的"武库"那样，荆棘花也成为苏格兰文学和艺术创作的重要素材。在苏格兰，你会看到许多以荆棘花为主题的工艺品，荆棘花甚至被印到茶杯、水瓶等日常用品上。

荆棘花的故事讲完了。但是，在我们把荆棘花的故事的来龙去脉搞清楚后，苏格兰反而变得更加神秘了。

穿裙子的男人们

提起男人穿裙子，我们自然会想起苏格兰男人。他们用各式各样的裙子，把苏格兰风情彰显得淋漓尽致。

第一次见到苏格兰男人穿裙子是在著名电影《勇敢的心》当中。电影中，苏格兰民族英雄华莱士带领着他的同胞们，英勇作战，抗击英格兰统治者的暴虐。不看作战场面的宏大，单看苏格兰男人一个个穿着裙子，手举自制的武器，浩浩荡荡奔走在旷野上的情形，就够令人"叹为观止"的了。

第二次见到苏格兰男人穿裙子，便是亲眼所见了。那是在 4 月份，我去伯明翰国际机场送一个朋友。在候机大厅，大概有 20 来个苏格兰男人（看上去像一个什么团队），他们一个个拖着行李箱，正准备 Check in；只见他们上身一律穿着礼服，下身则一律穿着裙子。那场面太壮观了，我恨不得立刻也去买条苏格兰裙子把自己"武装"起来。

从那一刻起，苏格兰开始令我魂牵梦绕，但真正能到苏格兰去体验那迷人的风情，却是在两个月之后。

说苏格兰男人是穿裙子的男人，对，也不对。要说清这个问题，得从语言的角度谈。一般说来，我们所说的"裙子"，是跟英文里的 skirt, under dress, petticoat 甚至 mini-skirt 相对应的。所以，我们说男人穿裙子，自然会将这"裙别人的裙子，我们的未理。

子"跟女士们穿的裙子联系起来,所以,"男人穿裙子"便容易让我们觉得奇怪。实际上,我们所说的苏格兰裙子是严格意义上的男人的服装,当然,并不是苏格兰女人就不穿格子尼裙子,但她们所穿的格子尼裙子是另有样式的;换言之,男人们穿的裙子不适合女士们穿。

其实,苏格兰男人所穿的"裙子"在英文里叫 kilt 或 tartan kilt,翻译成中文则叫"苏格兰裙子"或"格子尼裙子"。因此,严格地讲,说苏格兰男人身上穿的叫"裙子",是不正确的;所以,如果让你把"一个穿着裙子的苏格兰男人"翻译成英文,你千万不能翻译成:a Scot in a skirt。

即使没有去过苏格兰,很多人也能描绘出苏格兰裙子的样式。是的,它们往往都是用格子布或格子尼(tartan)做成,而格子尼又多用羊毛或羊绒制成。但是,格子的颜色,格子的样式,并不是任意的。格子的底色、线条色、线条的组合等,往往都有一定的含义。

首先,苏格兰不同的部族(clan)都有自己的格子构成,这样一来,苏格兰地区的几十个部族便有了几十种不同的格子构成。其次,不少家族还有自己的独特的"格子谱",一家人使用同一种样式的格子,使自己的家族(庭)跟别的家族(庭)区别开来。于是,苏格兰的格子尼的花式便千差万别了。所以,真正的苏格兰人并不是随意到街上买条裙子来穿的,在他们看来,格子裙是个性化的;地道的苏格兰人,往往会去定制裙子,或者穿自己家做的裙子。

特定的服装属于特定的民族,特定的服装只有穿在特定的人民的身上才是最合适的,也才是最有风度的。但是,我们也常说,越是民族的,才越是世界的;所以,在文化多元化的今天,除了苏格兰男人穿格子裙,世界上很多地方也有男人以穿这种裙子为时尚。比如,在美国,在墨西哥,都有男人穿这种裙子,还有公司专门开辟这种业务,为男人们量体裁裙呢。

我至今都后悔的是,在苏格兰的时候,我还是没有舍得花几十英镑买条格子尼裙子回来穿穿。要是我买了并穿了,我便是中国男人穿裙子之第一人了。

我的爱人像一朵红红的玫瑰

给学生上外国文学课，每次讲到 18 世纪后期的英国文学，不可避免地要讲到彭斯。讲到彭斯（Robert Burns，1759-1796），自然要讲到他那首脍炙人口的《我的爱人像一朵红红的玫瑰》；讲到"红红的玫瑰"，我自然想起苏格兰起伏的高地，一望无边的绿野，神秘的尼斯湖，还有那广袤的牧场上点缀着的洁白的绵羊。然而，在这绿色当中，在这洁白之间，有了彭斯"红红的玫瑰"，苏格兰的色彩才算完全。于是，每当我想起苏格兰，我便想起那绿，那白，那点点的"红"。

当然，我所怀念的这"红"，它既是生活中的，又是彭斯诗歌集中的。每当我向别人介绍这位伟大的农民诗人，我自然首先要介绍这首质朴无华的诗歌，而不是那些具有所谓的"民主精神"和"民族反抗意识"的作品。政治的一切都随时光流逝了，而只有那"红红的玫瑰"永远在苏格兰高地迎风绽放，在千千万万的爱美的人的心中绽放。"我的爱人像一朵红红的玫瑰"，是的，最美的爱人永远是红红的玫瑰，红红的玫瑰永远是最美的爱人。

而这"红红的玫瑰"总让我联想起一个冬天，1759 年的 1 月 25 日。在圣诞节一个月之后的那个夜晚，一个小生命降临在苏格兰 Ayrshire 的一个农舍里。他来到这个世界，不是为了使这个农家添一个男丁，也不是为了受英格兰压迫

一座孤零零的苏格兰古老建筑，像个走散的小动物似的，蹲在路边。

苏格兰高地民居——离山不远，离天很近。

的苏格兰多一个抗争者；他来到这个世界，乃是要歌唱，歌唱美丽的苏格兰的风土人情，歌唱那曲线柔美的苏格兰的群山，还有那永远蓝得让你流泪的苏格兰的湖水；他来到这个世界，乃是要给世界献上最美的玫瑰。因为有了彭斯，世间所有的诗人再也不敢把自己的爱人比作"玫瑰"。

18 世纪的苏格兰的冬天似乎比现在的冬天更寒冷。透过"红红的玫瑰"，我看到的是苏格兰绵延的山岭上的皑皑积雪。道路被大雪阻隔了，一座苏格兰的农舍的烟囱，飘着淡淡的炊烟。我仿佛看到，一个婴儿胖嫩的小手，看到他眼中令人安详的蓝。

18 世纪的苏格兰，我没有去过。但我仿佛看到一个苏格兰的小伙子，骑在一匹马上，行走在苏格兰高远的天空下面；我仿佛看见，他跟随着父亲，耕耘着自家的那片土地；我仿佛看见，他的眼睛总是凝视着远方。是的，他的脚上沾满了苏格兰的泥土，但他的头颅被白云萦绕。

18 世纪的苏格兰，18 世纪的苏格兰农舍。烛光下，一个苏格兰的小伙子摊开一本小小的笔记本：他要记录下他白天所听到的歌谣，他要用文字记录下他白天所看到的白云，他要用诗歌为他所爱的姑娘献上他"红红的玫瑰"。

是的，18 世纪的身影早已远了。但 18 世纪的"玫瑰"仍然在 21 世纪的蓝天下"红"着。世界可以没有核武器，但不能没有苏格兰的"红红的玫瑰"。然而当我问我的学生，"彭斯"是谁而他们并不知道时，我的心中总有一种莫名的伤感掠过，总有一种孤独感袭上心头。他们知道《魂断蓝桥》，但他们不知道《友谊地久天长》是彭斯写的。我可以容忍他们不知道《友谊地久天长》是谁的作品，但我不能容忍他们连《我的爱人像一朵红红的玫瑰》是谁写的都不知道！

那是一年当中的 6 月份，当大巴上响起《友谊地久天长》的乐曲时，我知道，我已经由英格兰进入苏格兰了。我很困，但我不能睡去。要睡就在英格兰境内睡，但到了苏格兰，"红红的玫瑰"的故乡，你应该让自己一直醒着。在彭斯的故乡,在华莱士的故乡,我怎能安心睡去。

彭斯的另一首让我难以忘怀的诗歌是《我的心呀在高原》(My heart's in the Highland)。我不能睡去,也是因为"我的心呀在高原";我离开那里许多日之后还是要怀念,也是因为"我的心呀在高原"。

是的,那片高原总让人魂牵梦绕。我永远忘不了那个 6 月的傍晚。在苏格兰西北部 Oben 小城。那天晚上,我们在旅馆里举行一个 Party。大家都在用饮料浇去旅途的劳顿。我,总是有点孤单,总能看到些别人看不到的东西。在一旁,有一个姑娘很孤单地坐着,膝上放着一本书。她不是和我们同行的。当时,她在一旁看着书,偶尔看看我们这边的热闹。我给她倒了一杯饮料,她很感激,她告诉我她是苏格兰人,她从爱丁堡来,在这里实习,住在这家小旅馆里。她并不怎么美,但不知怎的,我觉得她就是彭斯的妹妹。

我把她介绍给大家。她是那么的高兴,因为她一下子认识了那么多的热爱苏格兰的人们。在我的提议下,她用苏格兰方言给我们唱了一曲彭斯的《友谊地久天长》。那些从西班牙来的小伙子们更是乘着酒兴,把她抱到了凳子上,一起引吭高歌。于是,一场多民族的狂欢开始了;于是,在 Oben 的夜空,洋溢着的是《友谊地久天长》,洋溢着的是彭斯的诗歌。

18 世纪文学史总会给彭斯留一点空间,但那空间总比伏尔泰的,总比卢梭的空间要小得多。我想,就凭那朵"红红的玫瑰",也应该给彭斯更大一点的空间。

第六辑 跨文化的红烧鱼

我的英国房东

在去英国之前的近两个月中,我一直在网上联系我到英国后的住处。但是,一方面是自己犹豫不决,另一方面是因为担心网上提供的房源与真实情况之间出入太大而上当受骗,加之自己对当地的地理位置还没有直观的了解,怕所选的房子离工作的地方太远,或所在区域治安不好,所以,到登机前都没有把房子租好。正是带着一种不安的心情,我踏上了远赴英伦的长路。

西方国家跟咱们国家不一样。我们这儿来个什么外国人,从下飞机到再上飞机,都把他们服侍得好好的;但你到西方国家去,无论是学习还是做研究,人家只管给你提供工作场所和工作便利,至于生活上的事,他们基本上是不闻不问的。比如,我所去的这所大学,每次他们跟我联系,都强调一定要把房子租好了再动身;就是说,你不把房子租好了,下了飞机连个落脚的地方都没有;你总不能背着一大堆行李走街串巷地去找房子。总之,在离境的前几天,我的出国恐惧症因为这件事而越发严重起来。后来,我所要去的那个研究中心的一位香港籍教师给我出了个主意,她给我安排了一个临时住宿的地方:先住到她的一个朋友家里;这样,我下飞机后就有个去处,第一个晚上便不至于露宿街头。

飞机于星期一晚上六点左右降落在伦敦希思罗国际机场。本来我可以飞伯明翰的，那样我就可以直接打的到我要去的地方。但因为我的一个同去英国的同事没有出过国，也没有坐过飞机，所以我便陪着他先到伦敦。之前，我在网上查过，机场去伦敦的大巴有7点半和8点两班适合我乘，而后一班要到伦敦市区带客，所以如果乘这一班，那我要到午夜才能到房东家，那是很不合适的。所以，下了飞机后，为了赶上7点半的汽车，我对我的那位同事说："兄弟，我不能再陪你了，现在得学会独立了，得看自己的本领了。自己帮自己吧！"我狠狠心不忍回头地出了机场，按照指示牌找到了汽车站。这时离开车还有20分钟。碰到一个好心的英国佬，他带我去买了车票，还把手机借给我，让我和房东通了话。

花24英镑坐大巴到考文垂后，再花9英镑打的很顺利地到了房东家。房东是位六十多岁的老太太，叫谢拉（Sheila）。我一进屋她便问我，刚才出租司机找钱给我时有没有耍花招，有没有欺骗我，因为很多人第一次到英国因为对英镑的面值和图案不很清楚，人家少找了也不知道。我说，没有；我认识英镑的。不过，我忽然觉得老太太是个很不含糊的人；用英国生意的话说，很"职业"（professional）。

一进屋，老太太首先表示欢迎我到英国，到她家里来住。我放好行李后，她便给我介绍房子。她家里共三个房间，一间是老两口的卧室，一间是她丈夫的书房和办公室，再一间就是客房。他们有两处浴室，给我单用一个。

进了我的卧室，只见房间收拾得干干净净。桌子上摆放着一些水果、巧克力什么的；上面还端端正正地放着一张印有老太太名字的卡片，写着这样几句话：

义海：
  欢迎你来到我们家。祝愿你在英国期间快乐、成功。愿主赐福于你。

谢拉和迈克

总之，我到英国的第一个晚上有了落脚的地方。但我知道，我不能在这里久住，因为根据约定，住这里一天得交 17.5 英镑的房钱，而租房子每周在 50 英镑左右；住这里实际上就是住所谓的 Guest house 或者 Hotel。再者，他们也不希望客人住得太久，一般是周一到周五。老两口很讲究情调，希望周末没有别人打搅，两口子能度过一个宁静的周末。我心里想，这老两口有意思，情调和金钱两者都要。

谢拉问我要不要吃点什么，我说，我就吃点方便面吧。第二天，她给我做早饭，弄了点麦片粥、面包和咖啡什么的；我胡乱地吃了。然后，她开车送我到大学。晚上回来后，她又弄了些什么给我吃，由于我对英国的食物没兴趣，也就记不得了。谢拉很健谈，似乎很乐意跟我说话。第三天（星期三）一早，跟我说过 Morning 之后，她很激动地告诉我，她跟她丈夫迈克（出差在外）已经通过电话，他们很希望我多住一些天；说迈克很想见到我。他们甚至希望我就在他们家住下。这下我真有点摸不着头脑了。谢拉表示，她挺舍不得我离开的。但是，说到最后，房钱并没有什么变化，还是每天 17.5 英镑，每星期 122.5 英镑，一个便士也不能少。而我们中国人只要高兴，钱的事好说；您老跑了近两万里的路到咱们这儿来，白住白吃两星期也没关系的。可是，在英国人看来：感情是感情，金钱是金钱，两者是一清二白的。然而，对于一个中国人来说，一个月花 6 千元人民币住宿，实在有点心疼！

但谢拉还是那样热情。出门总要用车送我到学校，怕我回来后进不了门，就把钥匙放在门前的花盆下面。

星期四晚上，迈克回来了。迈克的表情很冷峻、刚毅，是典型的英国绅士兼生意人的模样；从表面上我看不出他的热情。但在晚上进餐祷告时（夫妇俩都是虔诚的基督徒），迈克除了感谢上帝赐予他们以食物、房子之外，还为我祈祷，"愿义海在英国期间一切顺利平安"。星期五的晚上，是我在他们家最后一次吃晚饭。这次是谢拉做祷告，她除了为我向他们的上帝祈祷，还为我在国内的妻子与女儿祈祷。晚饭后，我们聊得很开心，似乎完全没有了房客和房东之间的那种关系，而只是多年的好友在一起饮着咖啡，谈天说地，那种和谐的气氛是我终生难忘的。但离开餐桌后不久，谢拉便对我说：义海，你在我们家已经住了5天了（其实是4天），别的房客都是先交钱的。我明白了，她是要收房钱了。我很快摆脱了刚才的精神生活，回到了物质世界；我说：哦，没关系，我这就去拿钱。按5天算，我给了他们87.5英镑。

在谢绝继续住在他们家的同时，我已经在附近物色了一处合适的住房。我以为，我不肯继续住在他们家，从生意的角度来说，本是令他们不愉快的。可是，他们却又很热心地帮我去找房子。谢拉和迈克都几次开车带我去看房子；迈克还四处打电话帮我安排和房东们见面。所以，我总觉得，他们的热情和金钱又是并行不悖的。

星期五是我住在他们家的最后一天，根据我们和新房东的约定，我将在星期六的中午搬进我所租的房子。星期六上午，谢拉开车带我到市中心，带我"认路"，告诉我市场在哪里，中国商店在哪里，博物馆在哪里，并将一些地点之间的捷径指给我。从市区回来后，迈克开车送我走；谢拉走上前来，给了我一个英国式的拥抱，希望我常去看他们。就这样，我们依依不舍地道了别。

87.5英镑是一回事，依依不舍是另一回事。

我在英国考文垂 Earlsdon 的第二个住处

与 Mike 及其妻子 Sheila、女儿 Wendy 在一起包饺子。

维多利亚广场上的一个瞬间

虽然回到国内有些时候了，但在英国的种种经历似乎还历历在目，许多瞬间至今还栩栩如生；甚至有很多瞬间让我想忘记也忘不掉。我想，我们常说人生是多彩的，恐怕也是因为其中包括了很多令人永远难忘的瞬间。

刚到英国时，我对很多情况都不熟悉，尤其是头三周，整个人是生活在"文化震惊"（cultural shock）中。虽然此前也有过在国外生活的经历，但那毕竟是短期的，而且一切都有人安排得好好的。所谓"文化震惊"是指一个人初到国外（尤其是到了属于不同文明系统的国家）所特有的在文化上的不适感，虽然觉得天还是天，地还是地，但总觉得一切都不一样，觉得是颠三倒四地生活着；以前讲话时，从来不会感受到语言的存在，而现在一张口，就觉得自己是在使用语言。这种异样的感觉，会令你不安、焦虑，甚至恐惧。

正是在这种不安中，我一个人摸索着开始了新的生活。大约是到英国后的第二周，我坐火车去伯明翰，到总部设在那里的西米德兰兹郡（West Midlands）的警察总局登记，这是海外人员到英国后的一种"例行公事"。办完事后，离上火车还有些时间，我便到市中心的维多利亚广场闲逛。这广场几乎是伯明翰的象征，古典的建筑、精致的雕塑，让人流连忘返。

就在我游兴正浓的时候，一个约摸 30 岁光景的相貌颇为迷人的女子满脸

伯明翰——英格兰中部的国际大都市，也是多元文化交汇的地方。

每次经过伯明翰维多利亚广场，都希望跟这里的"美人鱼"合张影。

微笑地走到我跟前,指着我的数码相机说:"先生,我帮你拍张照,好吗?"说实在的,我当时真的没有反应过来;如果说有什么反应,那便是紧张感和不安感——在伯明翰这样一个人来人往的国际大都市的市中心,忽然有个陌生女子上来,要拿你的相机给你拍照,你会有什么感觉?换言之,作为一个中国人,你会有什么感觉?可能性一:出门在外,人生地不熟,更何况是在外国,一定要留点神,当心人家趁给你拍照的时候,把你的相机抢走,更何况,哪有人主动上来给你拍照的?可能性二:出门在外,你得当心陌生女子,尤其是长相好看的女子;可能性三……当然,还有可能性N。

不过,我稍稍迟疑了一下,还是忐忑不安地把相机递给那女子;毕竟,这是在国外,你得和国际"接轨"。她让我摆好姿势,给我拍了几张照片。然后,微笑着把相机还给我,说:"我看你没有伙伴,一个人在这里,对周围的一切又那么喜欢,我想,你一定很想拍照留念,所以,我很愿意帮助你。欢迎你经常来伯明翰。"

看着她远去的背影,我的内心好像被什么触动了,久久不能平静。而且,对此至今还颇有感触。我想,我当时的迟疑、怀疑,在许多国人来说,一定是可以理解的。是的,在我们的生活中,实在有太多的怀疑,怀疑别人,怀疑周围的一切,尤其是出门在外时。在你外出时,总有些"有经验"的人提醒你:不要吃不认识的人递给你的东西,不要抽陌生人敬给你的香烟,不要让陌生人替你照看行李,上飞机时千万不要帮别人提行李,等等,等等;一些公共场合的广播里,甚至还将这几条反复地提醒顾客,让你深深地觉得,自己是生活在一个不安全的环境中,让你觉得危机四伏。到了一个新地方想落座时,先要检查一下座位是否干净;到餐馆吃饭,总要检查一下餐具是否卫生,并用随身带的纸巾擦一下(我们比西方人更爱用纸杯和一次性筷子,是进步还是落后?);上车时如果有人帮你搬一下行李,我们总要怀着点戒心;在火车上,当有人跟你搭讪(中国人偏偏就爱搭讪),你总要花很多心思去揣摩,对方是什么人,会不会别有用心；逛商店时，我们常常是六分心思看商品，四分心思保护钱包……总之，我们在外时，看到的是太多的彼此不信任，心怀的是太多的疑虑。

　　不错，无论在哪个国家，出门在外，处处当心无疑是对的。但我这里要说的是，当善良和爱心被误解的时候，那是最冷酷的。或者，在我们的生活当中，我们是不是宁愿很冷酷地将所有的善良、爱心怀疑掉，也不要上一次当？我们为什么要怀疑？什么地方出了问题？如果人们之间多一点信任，那是不是和谐社会的标志之一？我不知道。但我很想知道，那天在维多利亚广场，那个英国女子在看出我迟疑的动作的时候，有没有看出我迟疑的内心。她能理解中国式的戒心吗？

狗之东西

狗，是中国文化中的一个十分显著的意象：狗东西、狗仗人势、狗胆包天、狗皮膏药、狗头军师、狗尾续貂、狗屁、狗咬耗子、狗嘴吐不出象牙、狗咬狗、狗腿子、狗吃屎、狗屁不通、狗娘养的、狗咬吕洞宾……这些只是以"狗"字打头的语词，包含"狗"或"犬"的语词则更多。从这些以"狗"打头的语词当中，我们可以得到一个基本的印象：狗这东西不是好东西。

到英国后，所见所闻让我对狗产生了浓厚的兴趣。有一首革命歌曲是这样唱的："到处是庄稼，遍地是牛羊。"(《南泥湾》)我把这歌词改一下来说英国："到处是草地，遍地是狗群。"有点夸张，是不是？但这多少可以说明英国人少狗多的现实。

虽然我们认为狗很忠诚，但这种忠诚又被"狗仗人势"给"消解"了。总的说来，狗在中国的地位不高。在国人心目中，提起狗，则经常想到狗的凶恶，想到疯狗、野狗、恶狗，等等。总之，狗在中国不但地位不高，待遇(总的说来)也不够好。

在英国，狗简直成了人们生活中不可缺少的一部分。有房子没有花园，在英国是怪事；有花园没有狗舍，就像花园中没有花一样，同样是怪事。在英国不但狗多，狗的地位和待遇也实在是好。不管你到哪家超市，你必定会看到琳琅满目的狗的食品，狗的营养品，狗的生活用品。人类有慈善机构，猎狗老了也有有关机构为他们募集养老金；就像孤儿有人领养那样，退休的猎狗也有机构为之寻求"抚养"者。

公共场合，供狗用的设施也是十分齐全。在考文垂火车站的在1号站台上，我看到一个用大理石做的L形的台子。台子的平面上开了一个圆洞，洞里安放着一只很干净的水盆，盆里放着清水。一开始我不知道那是干什么用的，以为它是让乘客洗手或擦鞋上的脏物的；但再看大理石台的立面，原来上面有一行字：

This facility is for use by our four-legged friends. Please quench your thirst with our best wishes.

Vrigin Trains

中文大意是：

该设施是给我们的四条腿的朋友专用的。请接受我们最美好的祝愿，一解您的干渴。

维珍火车启

说真的，我们在外出的时候常常为饮水发愁，但在这里，狗则随处得到礼遇。不仅狗的吃喝待遇很好，拉撒问题也得到了妥善解决。在各处的大草地上总有许多专门用来处理狗垃圾的设施，好让主人们无后顾之忧。

记得在日韩举办足球世界杯期间，西方人为韩国人吃狗肉而深感厌恶。在什么都敢吃的中国人当中，狗肉同样会被端上餐桌。到西方走过一遭，对于西方人为什么对吃狗肉那么反感便更好理解了。狗在英国，不仅生前受礼遇，死

考文垂郊外的 Hardy & Hansons 小酒馆，很多遛狗的人喜欢在回家之前到这里喝两杯。

考文垂郊外的纪念公园（Memorial Park），黄昏里遛狗的女子。

考文垂火车站站台上为狗狗们专设的饮水设施

后竟能被哀悼。失去了亲人，固然会有朋友送花，送卡片；失去了狗，也会引起亲友的深深同情。我在一家礼品店就看到过专门哀悼主人痛失爱犬的卡片；那卡片上这样写道：

为您失去爱犬深表哀悼：您失去了一个亲密的伙伴，忠诚的、可以信赖的朋友，但它对您无条件的爱，将永远伴随您。您给了您的爱犬体面的生活，无微不至。您分享了一种无言的但又是心有灵犀的爱。正像别的宠物一样，您的爱犬，其生命是那样宝贵，但却又是那样短暂；衷心希望甜蜜的回忆伴您度过忧伤的时光。

深表同情！

在征得店主的同意后，我把这段话抄在了笔记本上。一方面我是感动于英国人对狗是那样一往情深，另一方面也是惊讶于英国的卡片业之发达。

野狗、疯狗咬人伤人的事，在我们身边并不少见，但这种事，在英国生活了那么久，我一次也没有见过。在英国，无家可归的流浪汉我见过不少，但流落街头、没有主人的狗，我却未曾见过。我的英国朋友 Hanif 颇有点玩世不恭地说：在这个国家，狗比人的自由更多，狗比人更能得到保障。当然，由于狗基本上都各有主人，自由活动的可能性就小了。于是，有人认为，狗的"恋爱"便成了个大问题。有一天，我和朋友在散步，就看到两个主人的狗相遇时，都立住不动了，并试图挣脱各自的主人，很激动地叫着，要向对方奔去。我对我的朋友说："你瞧，那两只狗一见钟情啦。"

如果狗也有涵养，我想英国的狗确乎比我们的狗更"绅士"风度一点。我有不少中国朋友养狗，但刚一进门，那狗就吠个不停，让怕狗的我心惊肉跳。我发现英国的狗似乎不会叫，在几乎遍地是狗的考文垂，我记不得有什么狗叫过。

而且，狗如其人。英国狗颇似英国人：英国人矜持，不爱交往，有时还有点傲慢；英国狗跟在主人后面，遇见路人，连看都不看你一眼，更不会上来挑衅你。我不知道，英国人是因为不爱跟人交往而后在狗的身上寄托情感，还是因为跟狗交往多了以至不愿跟人有太多的往来，反正他们工作完了之后，最大的乐趣之一就是带着他们的狗去公园、草地，有时还要跟它们玩足球、飞碟什么的。人们都认为英国人是最爱运动的民族，其实，他们爱运动，在很大程度上也是因为狗要运动：人可以不运动，狗岂能不散步？

酒之东西

虽不善饮酒，但作为中国人，对于酒在国人心目中的地位，我自然是不陌生的。我们动不动就爱用文化来描述一些似乎跟文化没有关联的东西，喝茶有茶文化，饮酒有酒文化，男女之事有性文化。如果饮酒真有什么"文化"的话，那么，东西方的酒文化正像东西方的文明那样，有着很大的差异。当然，我这里所指的西方更主要是落脚于我较熟悉的英国。

来英国之前，在国内深受酒精之害的我一直认为，在饮酒方面，我们有的是"好汉"；在这些"好汉"面前，我不过是个懦夫，每次遭遇饭局，便为那杯中之物发愁。跨越过长江，飞越过太平洋，但就怕淹死在那杯中的二两液体中。到了英国才发现，我们的"好汉"在饮酒方面相对于英国人便是小巫见大巫了。

在申办奥运的最后关头，英国的布莱尔和法国的希拉克都走到了前台，为本国的申办推波助澜；除了显示自己的长处之外，他们也互相揭对方的短。希拉克不遗余力地嘲笑英国的厨艺，认为英国的厨艺是世界上最差的。英国人的烹调我同样不敢苟同，不过，英国人的酒馆（pub）却是绝对多于法国。这是一个酒馆多于饭馆的国家。

我以为，是不是真的好酒，不应只看饮酒者一次能喝下多少含酒精的饮料，得看他们对酒钟情的程度，和去饭店酒馆的目的。的确，海量的中国人并不少见，但我以为，能喝是一回事，品酒是另一回事。我们经常打电话给朋友、同事、上级，说是到饭店聚聚；说聚聚自然是要饮酒，但我们往往是醉翁之意不在酒。在什么？在联络感情，在借酒巴结，在于用酒这种液体来滋润人际关系，甚至要达到不应达到的目的。每次饭桌上，都会涌现出一些"英雄"或"受难者"，他们或是主人，或是巴结者，他们明明酒量不行，明明讨厌那杯中之物，但为了表忠心，为了达到目的，咬咬牙，闭紧眼，一仰头，将那超量之物干将下去。再看他那举着空杯、杯口朝下的那副大义凛然、视死如归的亮相，他似乎就是个正走上火刑柱的就义者，像个就要为正义而牺牲的大英雄；观者则报以深深的敬意，官人则觉得自己得到了尊重。其实，这时的酒已经不再是酒；这时的饮酒者已经不再是饮酒者了。酒，成了一种符号；酒，成了一个"他者"。

  英国人喝酒，目的大多只有一个：酒本身。喝酒就是喝酒，喝酒就是要获得酒中的乙醇，喝酒就是要让自己的心跳加快，使自己的神经兴奋起来，喝酒就是要让自己获得一种超乎寻常的生理感受和精神体验，喝酒就是要让自己的身体从繁重的工作负荷和阴霾的天气中解放出来……酒，就是酒；醉翁之意只在酒。

  酒，对于中国人似乎更多地体现为一种交往的手段；酒，对于英国人似乎更多地体现为自我发泄的方式。对于英国人，酒是依赖品；对于中国人，酒是媒介物。

  中国人喝酒跟英国人喝酒的最大区别恐怕在于：中国人是被别人劝醉的，英国人是自己喝醉的。中国自古有借酒浇愁之说，但自己把自己灌醉的情形，毕竟在少数。英国人和中国人去酒店途中的心态是很不一样的；前者会想，今晚我要好好放松一下，enjoy myself！后者往往会在心里盘算，今晚我怎么保护自己，今晚必须敬某某的酒，想到自己酒量有限，甚至预备好了作弊的手段，或者，想到今晚此行的动机和目的，而做好豁出去的准备。

  一个是自己喝醉的，一个被别人劝醉的，重要的例证便是"酒令"。中国人喝酒爱行酒令，尤其是在民间。欲行酒令，乃是因为酒"贯彻"不下去。西方人，尤其是英国人对此大为不解；若是真的让他们行酒令，他们真希望自己每次都输给对手，以满足口福。

这正是：一个好酒如命，一个视酒如毒。

常言道，好马得配好鞍，好酒得有好菜。中国人常常是以喝酒为幌子，去酒店目的只是要吃饭，要吃到好吃的，把肚子好好填一填：饭菜是主角，酒不过是配角。重点放在吃上，而不是喝。没有好菜的酒席，就好像是没有新娘的婚礼。英国人喝酒却是主题明确，他们喝酒的功夫在于喝一个晚上不吃一点东西。这种只喝不吃的本领，真令我们望尘莫及。

在戈黛娃艺术节上，我请英国诗人 Jon Morley 喝啤酒。

叙利亚朋友亚门请我喝啤酒；啤酒可以喝两杯，但我最讨厌那比萨饼。

茶之东西

去英国之前，我在行李箱里放了许多中国茶叶。一是要自己享用，二是想送人。在英国最初的日子里，我除了喝咖啡（这是我本来的爱好），主要还是喝中国茶，毕竟这几乎是与身俱来的习性。

一天，同住一屋的英国朋友 Fareed 见我要泡中国茶，便对我说，何不试试英国茶？我虽然恋旧，但还不算固执，乐于体验新的东西；于是，我便同意喝杯英国茶。就这一杯，让我感受到了英国茶的好处；于是，我去超市时没有忘记买英国茶；于是，我对英国茶的兴趣渐渐浓了起来；于是，我从国内带来的中国茶渐渐被我怠慢了。

生活在另一种文化氛围中，不可避免地会对两种文化进行比较。茶，虽只是一些植物的叶子，却随着文明的发展，变得那么重要，以至饮茶成了一种文化。中国和英国是世界上饮茶较多的国家，英国可以说是西方茶道的代表，而中国则是东方茶文化发达的国度。日日饮英国茶，似乎渐渐悟出点英国茶的味道，同时，也逐渐发现英国茶与中国茶确是不同，并且，中国茶之特别更在对两种茶的比较中显得形象别具。

茶之东西，亦是文化之东西；这小小的饮品，反映出两种文化之差异。英国人似乎只是把茶看成是众多饮品当中的一种，咖啡是他们的首选，茶是咖啡的一种补充,当然是最重要的补充;正像我们古代叫词是诗的补充,叫词为"诗余"那样,英国人大可叫茶为"咖啡余"了。西方文化的特点之一是科学、直接,喜怒爱恨常是表现无遗,而东方文化则是讲究含蓄委婉,致中和而不剑拔弩张。这种文化差异落实到茶上面,便体现为:中国茶味道深藏,含蓄委婉,如不仔细茗品,除一苦字,则一无是处;英国茶在泡好后,加上糖和牛奶,喝起来香香甜甜,谈不上余韵,更无弦外之音。

"道不可言,言而非也。"中国茶之妙处,一定程度上也是不可言的,或难以言出的;爱探究宇宙之本源的西方人,觉得世间没有什么不可言说的;同样,英国茶的妙处,其味道、颜色、口感,自然可以用言语来描述。若用女子形容茶之东西,中国茶颇似美人之莞尔一笑,其间之风流,确乎难以言说;英国茶则像个金发碧眼的(blonde)性感女子,其性感之处,可以一一道出。

学者认为,文化更多体现为一些精神符号,如文字、思想、观念等,而文明则更多体现为一些立体的、可触摸的物质和行为存在,如建筑、风物、社会习俗、生活方式等。从这个意义上说,茶不仅是文化的体现,也是文明的表征;所以,中国茶可以说是东方文明的"遗物"。总之:

中国茶,由苦而香;英国茶,由香而苦。中国茶,像艺术;英国茶,像商品。

品中国茶更像是一种精神体验,饮英国茶似乎更多体现为一种感官享受。英国茶像拳击,直拳勾拳,直指目标;中国茶更像中国功夫,似是无心之处显出力度。

英国茶喝多了,觉得甜腻,我便用中国茶"解"之。

英国茶是工业文明的体现,中国茶是农业文明的遗物。英国茶多为袋装茶,工厂给你包装好了,你从超市买回来,放在杯子里,加水,加牛奶,加糖,至于那茶是好是坏,除了看生产厂家,看牌子,你无法通过外形去判断。中国茶分红茶、绿茶、青茶、黄茶、白茶、黑茶,样样几乎都跟颜色有关,而英国人把茶袋(一般都是红茶)往杯子里一放,虽然杯中水一下子红了,但就是那点颜色也很快被牛奶"强奸"了。中国人买茶一般并不关心是谁生产的,中国人看茶叶的形态,茶的色泽,最主要的,他们特别留心泡茶过程中茶的"表现":看,茶叶如何在水中舒展,上下把持不定;观,些许时间后杯中那淡淡的、醉人的绿;品,那游移于苦和香之间的那种含蓄的味。在这看、观、品之间,你获得一种心境,心灵的一隅顿生一种宁静,总之,你离自然很近。如果说中国人的这种泡茶饮茶的方式是与自然的直接亲近,那么,英国人的那种被包装得严严实实的茶,实际上是将自然和人隔绝了。英国人虽也爱喝茶,但我敢说,很少有英国人见过茶叶是什么样子,他们只知道,那小纱袋里装的是碾碎了的茶,如果有人把那袋子撕开,观察茶叶的模样,那他要么是学者,要么是疯子。

中国茶尊贵,英国茶只是众多商品中很平凡的一种。在英国,花一镑钱能买上一大包袋装茶;而在中国,花一块钱,最多买到一杯很普通的茶。在中国,拿茶送人,怎么说都是合理的,《全唐诗》中关于答谢馈赠茶叶的诗篇,多达30余首,而到英国到超市买包袋装茶送人,多少有点奇怪。

虽然英国人特别喜欢喝茶,但茶在英国不仅是"咖啡余",同时还是"牛奶余"和"酒之余"。这可以从茶在东西两种文化上所留下的痕迹可以见出。可以说,中国文化在一定程度上是浸透于茶之中的。从语言来看,我们有低唱浅斟、壶浆箪食、家常茶饭、榷酒征茶、挑茶斡刺、三茶六饭、一茶二饭、粗茶淡饭、茶余酒后、酒余茶后、茶余饭后等含有"茶"字或跟茶有关的成语,可见,茶之深入中国文化。而在英国的诗文中,鲜有茶的意象;提起茶,他们不会产生那种中国人常有的遐想。中国人对一帮自己的朋友说一声"喝茶去!",其含义绝不是指:咱们解渴去。

茶,不仅仅是中国文化的关键词,它也是中国古代诗歌中合格的"诗家语";就是说,茶不仅可以入诗,而且茶的意象一出现,意境则顿生。你若写古诗词,把茶写进去很自然,若是把咖啡写进去,就好像是上面穿着长袍下面穿着牛仔。

中国文人爱用茶寄托人生,或得意,或落魄,茶都可以作为他们的"代言人"。黄昏时，小窗下，一杯清茶说尽人生的恬淡；水榭边，池塘旁，品茶抚琴，则禅意荡漾。至于"客至茶烟起，禽归讲席收"（刘禹锡《秋日过鸿举法师寺院便送归江陵》)，那更是要比莫尔（Thomas Moore）的"乌托邦"（Utopia）美多了；至于"垂钓石台依竹垒，待宾茶灶就岩泥"（杜荀鹤《山居寄同志》)，似乎更说明茶在中国日常生活中的重要性超过了咖啡在西方生活中的重要性。当然，中国文人爱用苦茶来形容人生。虽然他们口口声声说苦，但又乐在其中，你说他们煽情也好，说他们自作多情也罢，反正长夜漫漫，少了茶便像是有月亮而无月光。

　　差不多是在20年前读到一位台湾诗人张错写的一首诗叫《茶的情思》：

1

如果我是开水

你是茶叶

那么你的香郁

必须依赖我的无味

2

让你的干枯柔柔的

在我里面展开，舒散；

让我的浸润

舒展你的容颜。

3

我必须热，甚至沸

彼此才能相溶

中国茶与英国茶的区别，在我看来，跟汉语和英语的区别差不多。

4
我们必须隐藏
在水里相觑，相缠
一盏茶的工夫
我俩才决定成一种颜色

5
无论你怎样浮沉
把持不定
你终将缓缓的
（噢，轻轻的）
落下，攒聚
在我最深处

6
那时候
你最苦的一滴泪
将是我最甘美的
一口茶

快20年了，我仍然喜爱这首诗。今天在我写关于茶的这篇随笔的时候，我又想起了它。重读之，感触尤深：只有中国的文人才能将茶写得这么生动，只有中国诗人能借助茶把爱情写得这么缠绵。在英国文学中，乃至在整个西方文学中，我没有见到一篇以茶为题的作品写得这么让人难忘的。

哦，夜深了，杯中的中国茶淡了。耳边响起的是大西洋的涛声，忘不了的是中国的情怀。

水仙之东西

中国人几乎没有一个不知道水仙的。冬天，要过年时，很多人家都买两盆回去养养，作为"年花"。水仙，又称天葱、雅蒜、水仙花等。爱讲辞藻华美的中国人还另外给她取了许多雅号，如金盏、玉玲珑、金银台、俪兰、雅客、女星、女史花、姚女花什么的。水仙因多为水养，且叶姿秀美，花香浓郁，无泥而生，亭亭玉立于水中，如今又多供养于雅室，故有"凌波仙子"的雅号。雅室配仙子，相得益彰；金盏逢名瓷，相映成趣。

这么个"尤物"，自然逃不脱古代中国文人的视线。黄庭坚有："凌波仙子生尘袜，水上轻盈步微月。是谁招此断肠魂，种作寒花寄愁绝。"刘克庄有："岁华摇落物萧然，一种清风绝可怜。不俱淤泥侵皓素，全凭风露发幽妍。"王夫之有："乱拥红云可奈何，不知人世有春波。凡心洗尽留香影，娇小冰肌玉一梭。"就连秋瑾也写过水仙："洛浦凌波女，临风倦眼开。瓣疑是玉盏，根是谪瑶台。嫩白应欺雪，清香不让梅。余生有花癖，对此日徘徊。"革命家有"花癖"不是我这里要讨论的，但我确乎更喜欢杨万里的颇具白描特点的诗句："天仙不行地，且借水为名。"

的确，不管什么东西，跟水联系在一起，便有了某种灵性。

第一次接触到外国诗人写水仙是读英国 19 世纪浪漫派诗人华兹华斯的诗歌

《咏水仙》（I Wandered Lonely As a Cloud），那是在大学念书的时候。按照老师的要求，我当时都能背上它了。后来，自己当老师，也教英国文学，自然也讲到华兹华斯的水仙，自然也告诉自己的学生，水仙多美，多美，并附上英文原文给他们看。在华兹华斯的诗中，水仙的英文是 daffodil 而不是我们通常所知道的 narcissus。不过，我并没有深究，以为"水仙"这个词在英文中有两种写法，或者说，两个词指的是同一个意思，华氏笔下的水仙就是我们养在房子里的那种水仙。

然而，到了英国后，我才知道，我错了；我才知道，我那么起劲地讲到的水仙，并不是真正的华兹华斯的水仙；我讲水仙的时候，我自己，还有我的学生，心中想到的都是"凌波仙子"；我才知道，我们的水仙是长在水里的，人家的水仙长在岸上的；我们的水仙是养在盆里的，人家的水仙是遍地盛开的；我们的水仙是在冬天散发她的幽香，人家的水仙则是报告春天的到来，孕育于三月，葱茏于四月，到了五月几乎不见了她的踪影。所以，水仙在英国人的生活中几乎是担当着报春花的角色，有点像中国的迎春花。所以诗人 Ray Andrews 在他的诗歌《三月的水仙》中把水仙写成"春天忠实的女儿"（dutiful daughters of the spring），说她孕育着"希望和未来"（Speaking of things to come）。原来，文化不一样，植物也不一样；反过来说，植物不一样，文化也就不同。虽然，无论中国的水仙，还是英国的水仙，都属于石葱科或石蒜科植物。

到英国后，我也并不是一下子就认识了水仙。热爱自然的我，喜欢每天步行，穿过自然的英国乡间。随着漫长的冬日的渐去，春天的复苏，我发现道路边，花园里，田野上，到处都生长着一种叶子像大蒜的植物，随着她葱绿的叶子渐长渐大，明黄色的花儿便盛开了。在满目的绿色当中，在色彩斑斓的初春，那黄色是那样引人注目。更主要的是，她无处不在，或是沿着路边，向远处延伸，或是把清澈的池塘环绕，给碧水镶上金边，或是在草地的一角，孤单地绽放。总之，在英国，在英国的春天，随你站在什么地方，只要有植物的地方，就有水仙生长，就有水仙盛开，就有那亮丽的黄把绿色点缀。

盛开的水仙——名叫"水仙"却长在旱地里。

在英国,当春天到来时,凡是有泥土的地方都会有水仙花盛开。

英国朋友告诉我，那就是水仙。后来，爱花的中国朋友告诉我，那就是旱水仙。

于是，我总算将华兹华斯的水仙和现实中的英国水仙联系起来了。于是，我开始关注英国的这种最寻常但又最受人们喜爱的植物。不管什么东西，只要多了，就没有价值，甚至被人们称为"贱"，但是，花是例外的，没有谁因为花太多而对之反感。"一枝梅花开一朵，恼人偏在最高枝"固然是美，万紫千红谁说不美呢？是的，在英国，水仙花简直是无处不在；在春天，凡是能生长植物的地方，都会有水仙悄悄生长，都会有水仙花骄傲地盛开。正如华兹华斯在他的诗中写到的那样："在湖畔，在树下"（Beside the lake, beneath the trees），"一簇簇，一片片"（a crowd, a host）地盛开。

花之有名，如果没有文人的吟咏，似乎不足为凭；相应地，文人又因名花而使作品更加广泛传扬。"青鸟不传云外信，丁香空结雨中愁。"在那位唐代诗人之后，谁还敢写丁香？在英国，一提起水仙，人们总要想起华兹华斯；一提起华兹华斯，自然会想起他的那首《咏水仙》。华兹华斯的家乡在英格兰西北部的湖区，那是英国最著名的风景区之一。他在那里度过了他一生的大部分时光，而他的《咏水仙》的灵感自然就是在湖区获得的。我去湖区之前，曾读过 Peter Bicknell 先生编辑的 The Illustrated Wordsworth's Guide to the Lake District（《插图本华兹华斯湖区旅行指南》）。华兹华斯在英国虽然家喻户晓，但很少有人知道他的这本通俗小书。这本书后来出版时，编者非常细心，把华兹华斯第一次被水仙打动，产生灵感的那处湖岸在地图上标了出来，并称之为"水仙之岸"。这样，后来者就可以找到华兹华斯当初写作《咏水仙》的灵感之源。100 多年过去了，诗人不在了，但诗人流连过的那段湖岸还在，诗人写过的水仙还在，大自然的美还在。

19 世纪的英国浪漫派诗人多爱借自然来抒发自己的情感，这在华兹华斯那里体现得尤为突出。19 世纪初是个动荡的年代，专制与民主像冬天和初春似的反复较量着。既激进又保守的华兹华斯在时代的激流当中似乎挣扎得累了，倒是他家乡的那片山水，他门前的那处风景更能给他灵魂深处带来更多的安慰。于是，他在妹妹多箩茜的陪伴下，在湖区一住就是许多年。他们的住处倒也很诗意，叫"鸽舍"（Dove Cottage）。湖区很大，由十多个大湖组成，这些湖散落在群山当中，而不显呆滞。华兹华斯每次把湖区游览一遍都需要好几天。湖区很美，在这很美的风景当中，打动华兹华斯最深的东西恐怕就是水仙了。当诗人像一片孤云走过山岭，走过湖畔（…wandered lonely as a cloud/That floats on high o'er vales and hill），一簇簇水仙令人欣喜万分。每当诗人孤寂难奈时，一想起水仙，便觉得那是一种安慰（bliss）。只有诗人才能够真正在自然和内心之间形成如此的默契。至今我感到遗憾的是，当我赶到湖区，去寻找华兹华斯的"水仙之岸"时，水仙的花期已过，未能看到那如银河中的星星闪烁（Continuous as the stars that shine/ And twinkle on the milky way）的水仙。

或许也算是个诗人的缘故，我开始喜欢上英国的水仙。初春时节，漫步于英国的村镇、乡野，我总是忘情于那无处不在的小花；每当我忘情于那小花的时候，心中总会涌起一种温柔的情绪，想起一个诗人，想起他那脍炙人口的诗句；每当我想起那些诗句，我便顷刻间脱离了人间，融化进那片诗情当中去了，而和那随风摇曳的小花合一，觉得我就是自然，自然就是我：我是水仙，水仙是我！

古人云：五岳归来不看山，黄山归来不看岳；义海说：黄山归来不看岳，英国归来不看花。（当然，这是调侃。）确实是，从崇尚自然的英国归来后，有很长一段时间，我对草地、鲜花这些东西，提不起兴趣。年前逛超市，在超市的一楼大厅有个花店。我被太太揪过去看，我心不在焉地跟着。"英国水仙！"太太忽然叫道，我如梦方醒地看到，那边的确有盆"英国水仙"，孤零零的一盆，给人养着。

看着眼前的这"盆"水仙，我忽然间又陷入了恍惚：我仿佛看见了英国那漫山遍野的、湖边的、树下的、门前的、无处不在的、绵延不绝的水仙、水仙、水仙……

远"足"

远足,顾名思义,就是步行去很远的地方;远足,在英文里叫 excursion,指徒步的短程旅行,目的是在步行当中获得快乐(excursion)。我之所以给远足的"足"字加上引号,是因为我的远足颇为特别。

到英国后除了尽可能多地读书,还必须尽可能多地领略她的自然风光。对于大多数人来说,要看英格兰、苏格兰当然是要参加旅游团,或几个好友一起计划好路线,提前订好车票,按照大家所认为的最佳线路,到大家都想去的地方走一遭,看一回,拍些照片,日后慢慢看,并以此示人:我到过英国,我到过某某景点。这,本无可厚非。

我其实也参加过一些旅游团,但是,每次坐在火车或大巴上看着窗外的无限风光时,我都有一种难以遏制的冲动:真希望破窗而出,身临其境地徜徉于自然之中,看光与影在草叶上的变化,让风穿过自己的想象。一般的旅游往往是从点到点,然而,要领略英国的自然,非得有一种十分连贯的欣赏,并且最好是一个人,自由自在地流连其间。所以,徒步看英国是我的一个梦想;并且,许多天来,我一直在为实现这梦想精心筹划着。

我所谓的远足其实是火车加徒步,这就是我上面所说的"特别"之处。事先,我仔细查看了地图和火车时刻表,再在网上浏览了自己想要去的地方的大体情况。最终，在早春的一个早上，起床后我先饱饱地吃了一顿，并准备好了午饭和足够的水，两台相机，一个三脚架。我的经验是，在国外旅行一定要自备好午饭，一是方便，二是节省。我计划徒步旅行英格兰中西部约 50 公里范围内的英国乡村。我在火车站买了张到我要去的最远目的地的往返车票。我的计划是，专挑慢车坐，每到一站都下车，然后朝乡村纵深处走。由于时间关系，这一天我只到了 Berswell 和 Hapton-in-Ardon 两个地方。

我越是深入乡间，越是为自己的别出心裁而得意。在往前旅行时，或许不是周末的缘故，或许是因为我挑的是慢车，我两次都是一个人坐一个车厢；我在心里得意地说：这可是"包厢"啊。

到苏州要看园林，到上海要逛大街；到英国有两样东西一定要好好看，一定要仔细体味：一是自然，二是花园，而我的确是在自然和花园当中度过了这一天。下了火车后，我专挑没有人去的地方，尽量远离大道，远离人群，到看不见汽车的地方去，到似乎没有人烟的地方去，甚至希望自己能迷路，迷失于自然之间；恐怕只有在你迷失于自然之间时，你才是真正回到了自然的怀抱，才是与自然合一。

在早春和煦的风中，在三月的英国难得的阳光下，我走过了一条又一条乡间小径，从一个农场走向另一处牧场；当然，沿途的私家花园总是让我禁不住驻足。英国人对花园的重视简直到了疯狂的程度。在他们看来，没有花园的房子简直不叫房子：如果房子是身体，花园就是它的面庞；如果房子是面庞，花园就是它的眼睛；如果房子是一双明眸，花园则是神采；如果房子本身是肉体，花园则是它的灵魂；如果房子是美女，花园便是她的服饰。总之，在英国人看来，房子没有花园就等于"有眼无珠"！

走过乡间，走过小路，走过花园；走在白云下，走在阳光中，一路好风景，一天的好心情。

无数的小花园，把古老的英格兰装点成一个大花园。是的，朋友来信问我

一条洒满阳光的小路总会吸引你走得很远、很远……

在我看来,远足是身体的运动,精神的放飞,性情的冶炼,是和"自由"手拉着手走向天边。

英国如何，我常告诉他们的是：像一座花园。由花园构成的自然，跟撒哈拉的自然必定意趣迥然。

下午三点半我来到一处静谧的树林。阳光透过林子，洒在绿茵茵的草地上，不知名的鸟儿在树丛间快乐地叫着、唱着，鹅黄、粉白的水仙映衬在粉红、紫罗兰的花丛中，使得周围的绿树更显葱绿。我惊呆了，我首先想到的是陶渊明的"桃花源"。就在这时，我的手机却响了：是太太从国内打来的。我还没来得及讲话，她便问我：你在哪里呀，怎么有那么多的小鸟叫呀；真好听；我好久听不到小鸟叫了。我告诉她，我是在英格兰远足；我告诉她，我刚来到一个非常美的地方。于是，我们都不讲话，我让手机开着，让她听英格兰的鸟鸣，让她"听"英格兰的美景，让这鸟语花香越过欧亚大陆，越过乌拉尔山脉，到我爱人的枕边，到我爱人的心头，让她在夜深人静的时候想象她的爱人在阳光下、在鸟鸣中的快乐的样子……她很天真地让我给她讲述我身边的景色，英格兰的自然；我风趣地说，我这不是在现场直播英国的自然吗？只是，这种传递"美"的方式太需要对方有想象力，同时也太昂贵了。

走在阳光下，走在三月，走在乡村，走在异国，不问自己从哪里来，也不管自己会走到哪里去。迷路？没有什么比在自然的怀抱中迷路更美丽的了！

从一个山头走向另一处峡谷，偶尔会遇见吃草的羊群。印象特别深刻的是，在一处牧场，一个羊妈妈带着她的宝宝们在吃草。那羊妈妈用审视的怀疑的目光打量着我，好像觉得奇怪：这人是谁啊？头发怎么这么黑？然后很傲慢地走开。不过我很体谅她的傲慢，毕竟这一天我很快乐；快乐得可以忘掉自己是从何处来、要到何处去，可以忘掉明天的工作，忘掉今夕何夕，忘掉时间，忘掉自己不过是个匆匆的过客。古人说的"纵情山水"，是不是就是指这样的情形呢？

走啊，绵延的自然是真自然，是没有被割断的自然；它像一段旋律，在山头和山头之间飘荡。走在乡间路上，走在古老的英格兰，不免要想起陶渊明，想起苏东坡，想起华兹华斯，想起法国的卢梭，美国的梭罗。是啊，华兹华斯年轻的时候不是徒步英格兰的吗？这一天，我总觉得有谁跟在我身后，那一定是华兹华斯！据说，他经常一天要远足三十英里，甚至更远；想到有这样一位"同志"，自然也就不孤单了。对了，我又忽然想到哈代的几部小说（《卡斯特桥市长》《远离尘嚣》《苔丝》），在这些小说的开头，都是主人公沿着一条满是灰尘的乡间路，从远处的地平线上走来。只是，如今的英格兰的乡间路太整齐干净了，不再是哈代所描写的样子：一条小路，中间长着稀疏的青草，两边已被行人或马车踩碾得满是尘土。所以，诗人拉金曾感叹英国的自然不再：

英国的这一切都将逝去，

树阴、草坪、小路，

会馆、雕刻在教堂上的唱诗班。

将要留下的是书；它将在各种画廊里

流连；但现在为我们所留下的

将是混凝土和轮胎。

——菲立普·拉金《去了，去了》

在拉金看来，奥斯汀、哈代笔下的自然才叫自然；不过，对于我来说，这一天我已经非常满足了。无论是在 Berkswell 还是在 Hampton-in-Ardon，我自由自在地走啊走啊，累了，在草地上或坐，或躺；可以吃，可以喝；可以看看书，可以写下一些好的句子。前几天我在《卫报》上读到一个学者写的关于英国文化史的文章；他认为，在欧洲的许多城市古老的建筑都保存得很好，但是，那些在"二战"后重建的建筑，就像是好牙（传统建筑）中间的一颗颗"坏牙"。因此，我也觉得，如果英国乡间的美景都美如皓齿的话，穿行于乡间的汽车，则像是奔跑着的坏牙。所以，在远足途中，我总要避开汽车，甚至担心被

"坏牙"撞上；这是华兹华斯不会遇到的麻烦。当初，他不仅在英格兰远足，还经常到苏格兰和欧洲大陆去远足；他走向自然，自然也走向他；他觉得，在自然的怀抱中，他才是 a sensitive being, a creative soul。而今天，我们在远离自然，自然也在远离我们。

太阳就要下山了，我这一天的自然之旅和精神之旅就要结束了。我找出那张回程车票，去找火车站。

下了火车，我带着一天的好心情往回走；想到要重新回到不是面对书本就是面对电脑屏幕的日子，步履不禁沉重起来。

不仅仅是贺卡

昨天晚上，同事 Red 博士发电子邮件来说，我们研究中心的教授、著名学者 Susan Bassnett 的丈夫去世了。问我是不是去买张卡放到她信箱里；我回信说没问题。回完了信，我便寻思，该在卡上写些什么话；可是最让我心里没底的是，该买什么卡。就我在国内所看到的，所谓卡，一般都是"贺卡"，即凡是送卡，都是因为对方有喜事；可是，难道有表示哀思的卡卖?

第二天我信心不足地去了礼品店。我怕人家笑话，便小声问有没有表示哀思的卡片卖，我怕她不懂，解释说，如果有什么人去世了，有没有这类专门的卡好送。女店员听了之后，给了我肯定的答复，并带我到一个货架前。我一看，还真有。这类卡总体上是属于表示"同情"（Sympathy）一类的；同时，这类卡在具体的制作上又进一步分门别类，有哀悼丈夫、妻子的，有哀悼父母亲的，有哀悼外公、外婆的。总之，凡是想哀悼的亲人，都可以为他们买到专门的卡。当然，这时的卡就不能叫做"贺卡"了，得叫它们"哀思卡"或"同情卡"。

最让我感到吃惊的是，这里还有专门哀悼宠物的卡；当朋友的宠物不幸"去世"时，就要买这类卡了。我饶有兴味地浏览着这些有趣的卡，其中有一张上面写着：

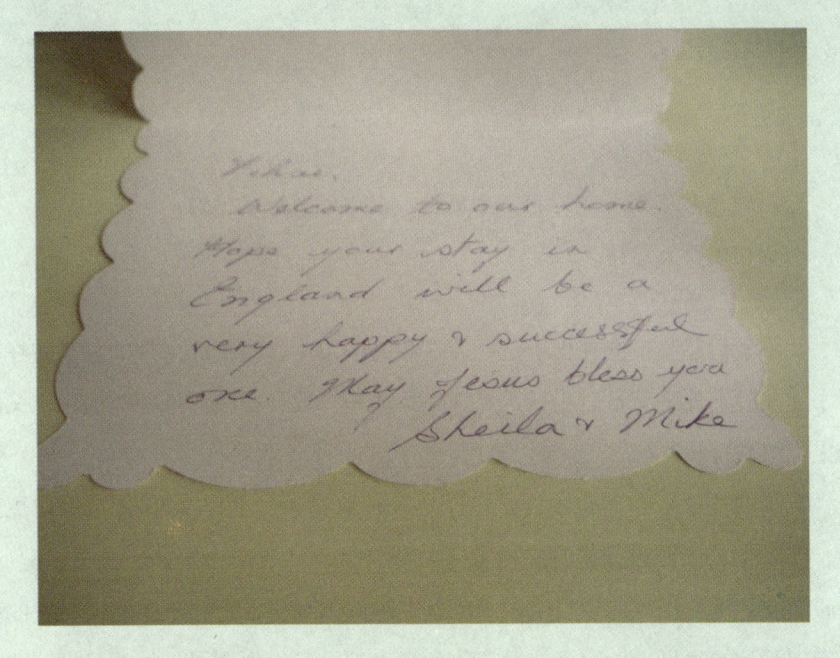

到英国的第一个晚上，发现床上放着这张卡片。这是房东 Sheila 的欢迎卡。

富于现代气息的英国沃里克大学校园一角

> 惊悉你家宠物XX狗不幸离世，我们的心情跟你们一样沉重。希望你们不要太悲伤。

我不禁想起我们的礼仪卡业务。在我的印象中，我们的卡片的种类实在太少了，一般不外乎节日、生日、婚嫁、乔迁等少数几类，而每一类当中，又缺少更加细致的分类。

英国的礼仪卡当然也主要是以以上几种情况为"主打"，但人家做得更细致。就以生日卡而言，先是在对象上细化，父母、爷爷、奶奶、孩子、配偶、一般朋友，都有相应的生日卡；再就是在时间上细化，有给不同的月份里的生日专门设计的生日卡，很多礼品店的生日卡都已经细化到了具体的日期，即任何一天出生的人，都有相应的贺卡送给他（她）；最后就是年龄的细化，很多礼品店的生日卡都是按照年龄设计的，从0岁到100岁全有，当然价钱不一样；比如，送给100岁老人的生日卡，虽然跟送给0岁孩子的生日卡在制作工艺上几乎一样，但一般要贵上许多倍。

除了生日、喜庆这些情形外，英国的礼仪卡的特点是涉及到的范围极其广泛。如上面提到的表示哀思、同情的卡片，还有表示悔恨、抱歉的卡片，可以把这些归为"歉意卡"（Sorry card）一类。此外，朋友远行有Bon Voyage卡，还有初次见面用的卡，有表示鼓励的卡，有答谢卡，不一而足。

我到英国的第一个晚上是住在迈克和谢拉家。我一进房间，就看到床上放着一张很精致、别致的欢迎卡，上面写着："义海，欢迎你来到我们家。祝你在英国期间开心、顺利。愿耶稣保佑你。——谢拉、迈克。"到英国的第一个晚上见到这样的欢迎卡，觉得很温馨，旅途的疲倦也因此烟消云散。

不过，在礼仪卡的后面我们看到的是老牌资本主义的经营之道。市场经济的发达，并不完全体现在一笔生意能赚多少钱，其发达往往体现在经营的理念上；资本主义比我们"厉害"的地方恐怕并不仅是因为他们钱多，恐怕更是因为人家比我们做得更精致。

跨文化的红烧鱼

这是个很怪的题目。"跨文化"与"红烧鱼"有什么关系?"跨文化"太高雅了,太学术化了,也太时尚了;什么"跨文化交流"、"跨文化传播"、"跨文化对话"、"跨文化婚姻"……至于"红烧鱼",太不登大雅之堂了,是家庭主妇们的技艺,不是做文章的材料。但我把这两样风马牛不相及的东西联系在一起,还真有段颇有意思的故事呢。

刚到英国时,我临时住在一个英国家庭里。主人迈克(Mike)和谢拉(Sheila)都是天主教徒,都很善良、好客,让我在英国"惊魂未定"之际,有了一种家的感觉。平时,除了读书和运动,我还有一个特别的爱好,那就是下厨。在迈克家时,为了展示中国烹调的妙处,我时不时地到厨房露两手,最得意的是用马高鱼做红烧鱼。迈克吃了我的红烧鱼之后,眼睛瞪得大大的:"我的天,这是我有生以来吃到的最好吃的鱼!"然后,便问我怎么烧的。

后来,我们又有几次聚餐的机会,或是在他家,或是在他女儿家。记得最后一次聚餐是我回国之前;而且,那天正好是迈克的生日。他几天前就约好了,要我一定给他再烧一次鱼,并叫她太太到超市买了最好的鱼。最后一次给迈克烧鱼,我多少有点伤感,自然烧得比平时更认真,也更成功。晚饭是在花园里吃的。英国的夏天日落得很晚,晚上九点钟的时候,太阳还在天上。夕阳的余晖洒在花园里，洒在我们每个人脸上，也洒在那盘具有"中国特色"的红烧鱼上。

晚饭后，迈克看着自己盘子里的鱼骨头，请我把红烧鱼的配方留下来，以后，他太太好看着配方给他烧鱼。以前他也向我要过"配方"，但每次我都支支吾吾的；不是我保守，大家知道，我们中国人烧菜一般是没有什么配方的。菜烧得好，全凭一种感觉或经验；只有外行才边看菜谱边烧菜。其实，我给迈克烧的鱼，也就是用我们平时常见的烧法：把鱼在油锅中煎炸到7成熟，加葱、姜、酒、加水、糖和酱油，再加上一点我从国内带去的四川豆豉酱，用文火慢煮，直至所有的调味品被鱼体充分吸收。这样，一盘液汁粘稠、色泽金黄、咸甜辣适中的红烧鱼便成了。

因为以上的原因，我最终未能给迈克他们一个真正意义上的"配方"。我知道，迈克所要的配方，是要具备一些确定的数字的。比如，鱼多少克，姜、葱多少克，盐、糖多少克，等等。而这些，我在烧菜的时候，从来没有去想过。搁多少盐，放多少糖，我们凭的是经验，是眼力，甚至是第六感觉。

由这小小的红烧鱼，我们也可以看出东西方在文化传统上的巨大差异。西方文化，从古希腊起，就显示出其科学传统的特点。在西方人看来，一切都是可以探究的，大到宏观的天体、宇宙，小到微观的细胞、原子；同时，一切都是可以言说的。他们认为感官有时是不可靠的，而相信定量，相信刻度。中国文化从古代开始便缺少这样一个科学传统。我们似乎更相信感知，一切凭印象。中国文化认为，一切美的东西，是难以言说的；好的诗歌就在于它"不著一字，尽得风流"。我们古代有世界最好的抒情诗，但我们没有系统的诗歌创作理论，只有点评式的"诗话"。

东西方不同的时间观念也是各自不同文化传统的具体体现。西方人讲究精确，强调严格按照时间表来安排活动，强调计划，反对"变化"。有一次，一位英国老师请我吃饭，她捧着她的时刻安排簿问我，下个月的23日中午12点

15分有没有空，我请你吃饭。而我们请客的时候，经常出现这样的情况，主人订好了饭店，忽然想起打电话给某人，某人却正好在家里吃晚饭；主人则说，你把碗放下来，现在就打的过来。在表示距离和时间时，我们的古人还有这样一些说法：一袋烟的工夫，行船要5天，骑马要3天，等等。在购物方面，西方人喜欢在去超市之前，列好一个清单，到了超市，按照清单上所列的项目，一一购买；而我们（尤其是女性），则爱"逛街"，重点在"逛"，"买"在其次。

当然，随着东西方文化交流的不断深入，东西方文化的互识和融合也日益显著。我们在工作和日常生活中，越来越多地吸收进科学因素。但是，文化之所以为文化，就是因为它具有很强的连续性，和对外来文化的抵御性。我相信，下次迈克见到我时，他还会向我要红烧鱼的配方，而我同样不能给他满意的答复。

夏日的黄昏，Mike和Sheila一家在花园里吃我做的红烧鱼。